だいわ文庫

そんなとき隣に詩がいます

鴻上尚史が選ぶ谷川俊太郎の詩

谷川俊太郎　鴻上尚史

大和書房

はじめに

　あなたには、口ずさむ詩はありますか？　苦しい時、泣きたい時、嬉しい時、死にたいと思った時、切なくてたまらない時、好きという気持ちがこみ上げた時、さびしくてたまらない時、心がいろんな方向に動いた時、ふと、口をついて出る詩はありますか？

　僕がロンドンの演劇学校に留学している時、詩の授業がありました。俳優として詩を朗読する技術を磨く時間です。

　最初に先生は、「みなさんの中には、詩についてあまりピンと来てない人もいるでしょう」と生徒を見回しました。そして、前月亡くなったダイアナ妃の話をし始めました。

　授業は1997年9月。ダイアナ妃は8月31日に交通事故で亡くなりました。9月1日、その知らせを聞いたイギリス国民は自発的にバッキンガム宮殿やケンジントン宮殿に献花のために集まり、宮殿の前は、一面の花束で埋めつくされました。

「その時、多くの花束には詩が添えられていたのです」先生は言いました。「みんな、自分の悲しみやダイアナへの気持ちを詩で表したの。詩は私達の気持ちを表現する大切な方法なの」

若いイギリス人クラスメイトの反応はさまざまでした。納得したようにうなづく者、驚きの表情をあらわす者、考え込む者。

僕は、ニュースで見た一面の花束の風景を思い出していました。何万という花束が宮殿の前に置かれ、広くて大きな花の広場が生まれていました。いったい、いくつの詩が添えられていたのだろう。そこは花の広場であり、詩の広場でもあったんだと思いました。

そして、どんな場合でも、詩が添えられた花束を日本で見ることはなかなかないだろうと思いました。誕生日やお祝いのメッセージカードはあっても、詩はないだろう。詩をそんなふうに使えたら素敵だなと僕は思ったのです。

イギリスの若者以上に、日本人にとっては、詩はどこか距離のあるものに感じられているような気がします。尊敬しながら遠ざけていたり、学校の空間で出会うものだと思われていたり、詩よりもロックやポップスの歌詞に親近感を感じていたり。でも、自分の気持ちを短くて的確な言葉で表せられたら、とても素晴らしいと思うのです。

「空の青さをみつめていると
私に帰るところがあるような気がする」

谷川俊太郎さんが1953年に出版した『六十二のソネット』という詩集の41番目のソネットの冒頭です。どこで出会ったのか、もう僕は忘れています。でも、出会った瞬間の衝撃ははっきりと覚えています。

そうか、僕が青空を見上げるたびに、心の中できゅんきゅんと鳴く、言葉にできない感情はこういうことなんだと、ハッとしたのです。

北海道の美瑛《びえい》の草原で見上げた時も、バリ島のデンパサールの畦道《あぜみち》で見上げた時も、ロンドンのレスター・スクエアの公園で見上げた時も、東京の稽古場《けいこば》の窓から見上げた時も、僕は青空を見るたびに、心がぐるぐると動きました。でもそれを正確に言葉にすることはできませんでした。
それを谷川さんは、

「空の青さをみつめていると
私に帰るところがあるような気がする」

と書いたのです。
次の行は

「だが雲を通ってきた明るさは
もはや空へは帰ってゆかない」

と続きます。
明るさは空へは帰らない。空から、雲という「いろいろなもの」を経験して地上に届いた「明るさ」は、もう故郷である空には帰って行かない。だからこそ、「帰るところがあるような気が」しても、私もまた帰れない。

帰る場所はなくなったのかもしれない。あるけれど帰れないのかもしれない。空から来た明るさも、帰らないのではなく、帰れないのかもしれない。雨や嵐になれば、帰るべき場所はなくなっていく。

でも、「帰るところがあるような気がする」という思いはずっと私の心の中にくすぶり続ける。それは時として悲しみとなり、時として生きる勇気になる。

「どこかで誰かがきっと待っていてくれる」という思いが、悲しみであり勇気になることと同じことだと思います。そんなことが絶対にあるわけないと思えば悲しみとなり、ひょっとしたらと思えば勇気となる。どちらかの思いだけを100%持ち続けることは難しいのです。その間で揺れるからこそ、この言葉は勇気となり悲しみとなり、切なくてたまらない言葉になるのです。

僕は谷川さんのこの言葉を知って以来、青空を見上げる時、混乱しなくなりました。もやもやしていた思いが言葉になって、すとんとお腹の底まで落ちたのです。まるで谷川医院の谷川先生の診察を受けたようでした。

『ふたりのロッテ』や『飛ぶ教室』で知られる作家エーリヒ・ケストナーに『人生処方詩集』という作品があります。ケストナーが、自分自身の詩に対して、「私生活の治療にささげられたもの」として分類した詩集です。「年齢が悲しくなったら」「結婚が破綻《はたん》したら」「孤独にたえられなくなったら」と、さまざまな症例によって、自作のたくさんの詩を分類しています。

ケストナーは、「精神薬学に該当するものであり、当然『家庭薬局』とよばれるべきものである」と言っています。

岩波文庫から出ているのですが、本の紹介には〝悩めるオトナのための読むクスリ〟と書かれています。

担当編集者小宮久美子さんの提案と谷川俊太郎さんとの直接のお話と、いくつかのひょんなことから、同じことを谷川さんの詩でやらせてもらえることになりました。

1952年に出版された『二十億光年の孤独』から2018年の谷川俊太郎展を記念して出版された『こんにちは』まで、(たぶん三千編以上の)すべての詩を読んで、僕なりに症状別に分類しました。

もちろん、すべての詩を取り上げることは不可能です。谷川さんの詩はすべてが代表作と言っていいぐらいクオリティが高いので、僕鴻上《こうかみ》自身のまったくの独断と偏見で選ばせてもらいました。

谷川医院の受付に臨時で立った気分です。症状を聞いて、谷川先生が作ったクスリを処方するという大切な役目です。受付の人が無愛想だったり不親切だったりすると、先生がどんなに名医でも、その病院に行きたくなくなりますからね。責任重大だと、臨時雇いながら身が引き締まる思いです。

僕の診断が的確で、良く効く谷川先生のクスリを処方できたとしたら、受付としてこんなに幸福なことはありません。

それでは受付の僕が聞きます。

「今日はどうされましたか？」

鴻上尚史

追伸

さて、症例別に先に進んでもらいたいのですが、時間のある人は、どうして「詩」なのかという話を少し聞いて下さい。

口ずさむ詩は持ってなくても、口ずさむ歌（ロックやポップスなど）を持っている人は多いでしょう。

僕は、本当に苦しくなってくると、詩以外だとザ・ブルーハーツの『終わらない歌』が浮かびます。頭の中だけで流れることもあれば、思わず口にすることもあります。

「もうだめだと思うことは　今まで何度でもあった」

この部分が何度もリフレインします。

歌詞を噛《か》みしめれば、お腹の奥深くがポッと温かくなります。固くなっていた身体がすこし柔らかくなって、「がんばってみようか」という気力が生まれます。

歌はアーティストとメロディーと言葉の三つのレベルで私達を揺さぶります。

アーティストのエネルギーで無条件で力がわく時があります。どんな歌を歌っていても、アーティストの顔、声、姿、動きを見ているうちに、生きる勇気をもらう時です。

メロディーが素敵な時もあります。言葉が届く前に、その音符やリズムに感動する時です。言葉がまったく分からない外国の歌に、なぜか涙が止まらない時もあります。

言葉が素敵な曲はいうまでもないでしょう。言葉を聞くだけで、メロディーを味わう前に感動するのです。言葉があんまり感動的だから、メロディーはどうでもよくなる、なんて場合もあります。日本語でも定着してきたラップは詩を歌にしたものかもしれません。聴衆は、メロディーの前に、まず言葉に耳をすますのです。

あなたには、とにかく詞に感動している歌はありませんか？

詩は、もちろん言葉です。谷川俊太郎さんのように、朗読のパフォーマンスをすれば、アーティストの魅力というもうひとつの要素も入ってきますが、（そして、歌にすればメロディーという魅力がさらに加わるのですが）、まずは言葉です。

活字で読む詩は、まさに、アーティストも見えず、メロディーも聞こえてこない歌です。でも、言葉だけで充分感動します。ロックやポップスなどの歌なのに歌詞だけで感動することがあるように、詩に感動することは珍しいことではありません。

詩に馴染《なじ》みがないぶん、私達日本人は、俳句や短歌に親しみます。歳を重ねて俳句や短歌を始める人達が大勢いらっしゃいます。僕の父親もそうでした。

小説だとハードルが高いのだと思います。俳句や短歌の短さが、今までの人生を描く時も、現在の心境を語る時も取り組みやすいのでしょう。短いことと簡単なことはイコールではありませんが、少なくとも手軽に始められることは間違いありません。

それに、短歌集や俳句集をプレゼントされれば気軽に読めますが、自叙伝のような小説は苦労します。エッセーでも分厚い本は大変です。

仲間作りも、俳句や短歌は小説と比べて気軽なのでしょう。父親は同人俳句誌をめくりながら、仲間達の作品を楽しんでいました。

そういう意味では、俳句や短歌はコミュニケーションしやすいジャンルです。そして、暗唱しやすいものでもあります。

詩もまた、じつは気軽に始められるもののはずです。暗唱もまた簡単なはずです。けれど、日本では詩は、依然としてよそよそしく思われがちです。

でも、それはとてももったいないことだと僕は思っています。詩との距離を縮めることは、とても素敵なことだと思っているのです。

あなたの症状にあった素敵な詩を見つけたら、暗唱するのも悪くないと思います。声に出すと詩は、とくに谷川さんの詩は別の顔を見せます。そして、お腹のもうひとつ深い部分まで、その言葉はすとんと落ちるのです。

詩を好きになって欲しくて、ちょっと余計なことを言いました。さあ、クスリをどうぞ。それでは、どうか、おだいじに。

そんなとき隣に詩がいます／目次

さみしくてたまらなくなったら

ひとりひとり

ひとりひとり違う目と鼻と口をもち
ひとりひとり同じ青空を見上げる
ひとりひとり違う顔と名前をもち
ひとりひとりよく似たため息をつく

ひとりひとり違う小さな物語を生きて
ひとりひとり大きな物語に呑みこまれる
ひとりひとりひとりぼっちで考えている
ひとりひとりひとりでいたくないと

ひとりひとり簡単にふたりにならない

ひとりひとりだから手がつなげる
ひとりひとりたがいに出会うとき
ひとりひとりそれぞれの自分を見つける

ひとりひとりひとり始まる明日は
ひとりひとり違う昨日から生まれる
ひとりひとり違う夢の話をして
ひとりひとりいっしょに笑う

ひとりひとりどんなに違っていても
ひとりひとりふるさとは同じこの地球

すてきなひとりぼっち

誰も知らない道をとおって
誰も知らない野原にくれば
太陽だけが俺の友達
そうだ俺には俺しかいない
俺はすてきなひとりぼっち

君の忘れた地図をたどって
君の忘れた港にくれば
アンドロメダが青く輝く
そうだ俺には俺しかいない
俺はすてきなひとりぼっち

みんな知ってる空を眺めて
みんな知ってる歌をうたう
だけど俺には俺しかいない
俺はすてきなひとりぼっち

うしろすがた

きょうりゅうは　ひとりぼっちでいきている
おとうさんはいない　おかあさんもいない
むれていても　かぞくやともだちがいない

ひとりでうまれてひとりでしぬ　かわいそう
とおもったけど　にんげんだっておんなじじゃないか
いのちはいつも　ひとりではじまりひとりでおわる

うまれてたべてうんこして　ねむっておきてたたかって
こどもつくってぼんやりそらみて　いつかはしんで…
でもにんげんならそのあいだに　たのしいことがいっぱいある！

きょうりゅうのうしろすがたを　みたことないけど
なんだか　さびしい

朝のリレー

カムチャッカの若者が
きりんの夢を見ているとき
メキシコの娘は
朝もやの中でバスを待っている
ニューヨークの少女が
ほほえみながら寝がえりをうつとき
ローマの少年は
柱頭を染める朝陽にウインクする
この地球では
いつもどこかで朝がはじまっている

ぼくらは朝をリレーするのだ
経度から経度へと
そうしていわば交替で地球を守る

眠る前のひととき耳をすますと
どこか遠くで目覚時計のベルが鳴ってる
それはあなたの送った朝を
誰かがしっかりと受けとめた証拠なのだ

泣けばいい

泣けばいいんだ泣けばいい
哀しいときは泣けばいい
泣けば菜の花涙にゆれる
泣けば烏もカアと鳴く

泣けばいいんだ泣けばいい
ひとりのときは泣けばいい
遠い誰かにとどけとばかり
風もいっしょにむせび泣く

泣けばいいんだ泣けばいい
苦しいときは泣けばいい
泣いてどうなるものでもないが
泣いてはらそう曇り空

泣けばいいんだ泣けばいい
泣きたいときは泣けばいい
まぶたはらして鏡を見れば
いつか笑いがこみあげる

何故だかしらない

作曲　芥川也寸志

さびしいな
なぜだかしらない
さびしいな
だあれもいない校庭の
遠くで海が鳴っている

さびしいな
なぜだかしらない
さびしいな
まっかな夕陽が沈むとき
どこかでだれかがよんでいる

さびしいな
なぜだかしらない
さびしいな
空にはきらきら天《あま》の河《がわ》
あのむこうにはだれもいない

さびしいな
なぜだかしらない
さびしいな
うなされてないた夢の中
きれいなひとも泣いていた

二十億光年の孤独

人類は小さな球の上で
眠り起きそして働き
ときどき火星に仲間を欲しがったりする

火星人は小さな球の上で
何をしてるか　僕は知らない
（或はネリリし　キルルし　ハララしているか）
しかしときどき地球に仲間を欲しがったりする
それはまったくたしかなことだ

万有引力とは

ひき合う孤独の力である

宇宙はひずんでいる
それ故みんなはもとめ合う

宇宙はどんどん膨んでゆく
それ故みんなは不安である

二十億光年の孤独に
僕は思わずくしゃみをした

生きるうた

1

原っぱに
私はたったひとり立っています
気づかずに
私はひとを裏切りました

2

原っぱに
私はひとり立っています

おなかをこわしたのです
二日間なにも食べず
三日目の朝
牛乳をコップに半分飲みました

あんまりおいしかったので
あんまりおいしかったので——
私は泣いてしまいました

3

友だちが夢の話をするんです
目を輝かせて
聞いている私は退屈なんです
そう言ったらびっくりして

黙りこんでしまいました
私も私の夢の話をすればよかった
たとえうそでも

4

五年前に買った靴を
今日捨てました
そうしたら
もうはけないのに
まだはけるような気がしてきて
お気にいりの新しい靴が
なんだか憎らしくなってしまいました

5

海を見ています
海を見ていると
海を見ている自分が不思議です
あなただれ？ってききたくなって
それから何故か
恐竜の顔を思い出します
こわいくせになつかしい顔を

なんにもない

なんにもない　なんにもない

車もなければ家もない
ないないないないないないずくし
なんにもないから楽しいんだ
生きているのが好きなんだ

なんにもない　なんにもない
着たきりすずめのすかんぴん
ないないないないないないずくし
なんにもないからこわくないんだ
いつでも旅に出られるんだ

なんにもない　なんにもない
見栄もなければ嘘もない
ないないないないないないずくし

なんにもないから空があるんだ
今日という日が始まるんだ

みみをすます

みみをすます
きのうの
あまだれに
みみをすます

みみをすます
いつから
つづいてきたともしれぬ
ひとびとの
あしおとに
みみをすます

めをつむり
みみをすます
ハイヒールのこつこつ
ながぐつのどたどた
ぽっくりのぽくぽく
みみをすます
ほうばのからんころん
あみあげのざっくざっく
ぞうりのぺたぺた
みみをすます
わらぐつのさくさく

きぐつのことこと
モカシンのすたすた
わらじのてくてく
そうして
はだしのひたひた……
にまじる
へびのするする
このはのかさこそ
きえかかる
ひのくすぶり
くらやみのおくの
みみなり

みみをすます

しんでゆくきょうりゅうの
うめきに
みみをすます
かみなりにうたれ
もえあがるきの
さけびに
なりやまぬ
しおざいに
おともなく
ふりつもる
プランクトンに
みみをすます
なにがだれを
よんでいるのか

じぶんの
うぶごえに
みみをすます

そのよるの
みずおとと
とびらのきしみ
ささやきと
わらいに
みみをすます
こだまする
おかあさんの
こもりうたに
おとうさんの
しんぞうのおとに
みみをすます

おじいさんの
とおいせき
おばあさんの
はたのひびき
たけやぶをわたるかぜと
そのかぜにのる
ああめんと
なんまいだ
しょうがっこうの
あしぶみおるがん
うみをわたってきた

みしらぬくにの
ふるいうたに
みみをすます

くさをかるおと
てつをうつおと
きをけずるおと
ふえをふくおと
にくのにえるおと
さけをつぐおと
とをたたくおと
ひとりごと

うったえるこえ
おしえるこえ
めいれいするこえ
こばむこえ
あざけるこえ
ねこなでごえ
ときのこえ
そして
おし
……
みみをすます

うまのいななきと
ゆみのつるおと
やりがよろいを

つらぬくおと
みみもとにうなる
たまおと
ひきずられるくさり
ふりおろされるむち
ののしりと
のろい
くびつりだい
きのこぐも
つきることのない
あらそいの
かんだかい
ものおとにまじる
たかいびきと

やがて
すずめのさえずり
かわらぬあさの
しずけさに
みみをすます

(ひとつのおとに
ひとつのこえに
みみをすますことが
もうひとつのおとに
もうひとつのこえに
みみをふさぐことに
ならないように)

みみをすます
じゅうねんまえの
むすめの
すすりなきに
みみをすます

みみをすます
ひゃくねんまえの
ひゃくしょうの
しゃっくりに
みみをすます

みみをすます
せんねんまえの

いざりの
いのりに
みみをすます

みみをすます
いちまんねんまえの
あかんぼの
あくびに
みみをすます

みみをすます
じゅうまんねんまえの
こじかのなきごえに
ひゃくまんねんまえの

しだのそよぎに
せんまんねんまえの
なだれに
いちおくねんまえの
ほしのささやきに
いっちょうねんまえの
うちゅうのとどろきに
みみをすます

みみをすます
みちばたの
いしころに
みみをすます
かすかにうなる

コンピューターに
みみをすます
くちごもる
となりのひとに
みみをすます
どこかでギターのつまびき
どこかでさらがわれる
どこかであいうえお
ざわめきのそこの
いまに
みみをすます

みみをすます
きょうへとながれこむ

あしたの
まだきこえない
おがわのせせらぎに
みみをすます

さみしくてたまらない時、あなたはどうしていますか？

僕鴻上はさみしくてたまらない時、なるべく一人になります。誰かをお酒に誘ったり、友達に電話をかけたりしたら、さみしすぎて、間違いなく後から後悔することをしたり、話してしまいそうだからです。

理由があってさみしくてたまらない時と、理由もないのにさみしくてたまらない時があります。

理由があるのは、本当に会いたい人に会えないとか、本当に参加したい何かに参加できないとか、本当に言って欲しい言葉をいつまでももらえないとか、本当に行きたい場所にどうしても行けないとか、本当に誰にも必要とされてないと感じるとか、本当に自分がちっぽけに思えていたたまれなくなるとか、本当に自分が恥ずかしくてしょうがなくなるとか、いろんな場合があります。

はっきりしているのは、電話をかけたりお酒に誘った目の前の人とは何の関係もない理由だということです。なのに、目の前に人がいると、思わず、さみしさをぶつけそうになります。いえ、間違いなくぶつけます。

目の前の人と関係のある感情なら、ぶつける意味はあります。目の前の人がとても好きだとか嫌いだとか理解したいとか、だったら、目の前の人と同じ時間を過ごす理由もあると思うのです。

でも、自分と何の関係もない感情をぶつけられたら、目の前の人も困ると思います。まるで、ここにいない人の悪口をえんえんと浴びせかけられるみたいなことです。

さみしくてたまらない理由が分からない時は、まして、誰かといるのは危険です。

自分で理由が分からないのですから、目の前の人に分かるわけがないのです。

潜在意識的にはちゃんと理由があるのか、本当に理由がないのか、判断できないのですから、さみしさの理由が分かっている時以上に、コントロールが効かなくなる自信があります。

だから、僕は理由が分かっていても分かっていなくても、さみしくてたまらない時は一人になります。

そして、体力がある時は、さみしさを見つめようとします。この胸をかきむしるようなさみしさはなんだろうと考えます。

感情はどんな種類でも、じっと見つめると少し楽になります。どうして自分はこんなにさみしいのか。一体何が原因なんだろうと根本を理性的に考えることで、感情との距離が作れるのです。直接体にぶつかっていた感情を、少し客観的に見ることができるようになります。

でも、体力がない時は、見つめることができません。そんな余裕も気力も生まれないのです。

そういう時は、何かをしてさみしさを忘れようとします。

一人で名作の映画を見ます。名作じゃないとすぐにさみしさを思い出してしまいます。

一人で美味しい料理を食べます。お酒はほどほどにしておかないと、さみしさを加速してしまいます。

一人で街を歩きます。疲れて公園のベンチでぼーっとしていると、すぐに強烈なさみしさに襲われるので、また歩き始めます。

一人でインターネットをさまよいます。笑える画像、笑えるジョーク、泣ける話、ちょっといい話。インターネットは簡単に時間を忘れさせてくれます。

一人でスポーツクラブに行きます。ふだんやったことのない運動、使ったことのない器械、あげたことのないバーベルに黙々と挑戦します。さみしさより筋肉の痛みを目立たせるのです。

そして、一人で詩を読みます。何度も何度も、口に出したり、心の中で反芻《はんすう》します。

そして、さみしさを忘れるのです。

毎日、しかめっつらだけになったら

うんこ

ごきぶりの　うんこは　ちいさい
ぞうの　うんこは　おおきい

うんこというものは
いろいろな　かたちをしている

いしのような　うんこ
わらのような　うんこ

うんこというものは
いろいろな　いろをしている

うんこというものは
くさや　きを　そだてる
うんこというものを
たべるむしも　いる
どんなうつくしいひとの
うんこも　くさい
どんなえらいひとも
うんこを　する
うんこよ　きょうも

げんきに　でてこい

おしっこ

大統領がおしっこしてる
おしっこしながら考えている
戦争なんかしたくないんだ
石油がたっぷりありさえすれば

テロリストもおしっこしてる
おしっこしながら考えている
自爆なんかしたくないんだ

恋人残して死にたくないもの

兵隊さんもおしっこしてる
おしっこしながら考えている
殺すのっていやなもんだぜ
殺されるのはもっといやだが

男の子もおしっこしてる
おしっこしながら考えている
ほんとの銃を撃ってみたいな
ゲームボーイじゃまどろっこしいよ

武器商人がおしっこしてる
おしっこしながら考えている

銃がなければ平和は守れぬ
金がなければ自由も買えぬ

道で野良犬おしっこしてる
おしっこしながら考えている
敵もいなけりゃ味方もいない
ただの命を生きているだけ

おならうた

いもくって　ぶ
くりくって　ぼ

すかして　へ
ごめんよ　ば

おふろで　ぽ
こっそり　す
あわてて　ぷ
ふたりで　ぴょ

男の子のマーチ

おちんちんはとがってて
月へゆくロケットそっくりだ

とべとべおちんちん
おにがめかくししてるまに

おちんちんはやらかくて
ちっちゃなけものみたいだ
はしれはしれおちんちん
へびのキキよりもっとはやく

おちんちんはつめたくて
ひらきかけのはなのつぼみ
ひらけひらけおちんちん
みつはつぼにあふれそう

おちんちんはかたくって

どろぼうのピストルににてる
うてうておちんちん
なまりのへいたいみなごろし

なんでもおまんこ

なんでもおまんこなんだよ
あっちに見えてるうぶ毛の生えた丘だってそうだよ
やれたらやりてえんだよ
おれ空に背がとどくほどでっかくなれねえかな
すっぱだかの巨人だよ
でもそうなったら空とやっちゃうかもしれねえな

空だって色っぽいよお
晴れてたって曇《くも》ってたってぞくぞくするぜ
空なんか抱いたらおれすぐいっちゃうよ
どうにかしてくれよ
そこに咲いてるその花とだってやりてえよ
形があれに似てるなんてそんなせこい話じゃねえよ
花ん中へ入っていきたくってしょうがねえよ
あれだけ入れるんじゃねえよお
ちっこくなってからだごとぐりぐり入っていくんだよお
どこ行くと思う？
わかるはずねえだろそんなこと
蜂《はち》がうらやましいよお
ああたまんねえ
風が吹いてくるよお

風とはもうやってるも同然だよ
頼みもしないのにさわってくるんだ
そよそよそよそようまいんだよさわりかたが
女なんかめじゃねえよお
ああ毛が立っちゃう
どうしてくれるんだよお
おれのからだ
おれの気持ち
溶けてなくなっちゃいそうだよ
おれ地面掘るよ
土の匂《にお》いだよ
水もじゅくじゅく湧《わ》いてくるよ
おれに土かけてくれよお
草も葉っぱも虫もいっしょくたによお

でもこれじゃまるで死んだみたいだなあ
笑っちゃうよ
おれ死にてえのかなあ

がっこう

がっこうがもえている
きょうしつのまどから
どすぐろいけむりがふきだしている
つくえがもえている
こくばんがもえている
ぼくのかいたえがもえている

おんがくしつでぴあのがばくはつした
たいいくかんのゆかがはねあがった
こうていのてつぼうがくにゃりとまがった
がっこうがもえている
せんせいはだれもいない

せいとはみんなゆめをみている
おれんじいろのほのおのしたが
うれしそうにがっこうじゅうをなめまわす
がっこうはおおごえでさけびながら
からだをよじりゆっくりとたおれていく
ひのこがそらにまいあがる
くやしいか　がっこうよ　くやしいか

歌っていいですか

歌っていいですか
独りの部屋であなたがうなされているとき
歌っていいですか
あなたの苦しい夢の中で

歌っていいですか
塹壕《ざんごう》の中であなたが照準を合わせているとき
歌っていいですか
幼い日の思い出のしらべを

歌っていいですか

ふるさとを見失いあなたが路上にうずくまるとき
歌っていいですか
足元の野花の美しさを

歌っていいですか
もう明日はないとあなたが無言で叫んでいるとき
歌っていいですか
暮れかかる今日の光のきらめきを

歌っていいですか
この世のすべてにあなたが背を向けるとき
歌っていいですか
愛を　あなたとそして私自身のために

冬に

ほめたたえるために生れてきたのだ
ののしるために生れてきたのではない
否定するために生れてきたのではない
肯定するために生れてきたのだ

無のために生れてきたのではない
あらゆるもののために生れてきたのだ
歌うために生れてきたのだ
説教するために生れてきたのではない

死ぬために生れてきたのではない

生きるために生れてきたのだ
そうなのだ　私は男で
夫で父でおまけに詩人でさえあるのだから

わかんない

わかんなくても
みかんがあるさ
ひとつおたべよ
めがさめる

わかんなくても

やかんがあるさ
ばんちゃいっぱい
ひとやすみ

わかんなくても
じかんがあるさ
いそがばまわれ
またあした

彼女を代弁すると

「花屋の前を通ると吐き気がする

どの花も色とりどりにエゴイスト
青空なんて分厚い雲にかくれてほしい
星なんてみんな落ちてくれればいい
みんななんで平気で生きてるんですか
ちゃらちゃら光るもので自分をかざって
ひっきりなしにメールチェックして
私　人間やめたい
石ころになって誰かにぶん投げてもらいたい
でなきゃ泥水になって海に溶けたい」

無表情に梅割りをすっている彼女の
Tシャツの下の二つのふくらみは
コトバをもっていないからココロを裏切って
堂々といのちを主張している

絶望

絶望していると君は言う
だが君は生きている
絶望が終点ではないと
君のいのちは知っているから

絶望とは
裸の生の現実に傷つくこと
世界が錯綜《さくそう》する欲望の網の目に
囚《とら》われていると納得すること

絶望からしか

本当の現実は見えない
本当の希望は生まれない
君はいま出発点に立っている

しかめっつらをしていると自分から気付くことは、なかなかないような気がします。親や親しい友達やパートナーから「深刻な顔してるよ」とか「眉間《みけん》に皺《しわ》が寄ってるよ」と言われて初めて気付くことが多いんじゃないでしょうか。

鏡を見て、「あ、今、しかめっつら」と思うこともなかなかないです。人は、鏡を見る時は、意識して「いい顔」になります。だいたい、普段の自分の顔の10％（当社比）はいい顔になっています。

当社比というのは、もちろん、僕鴻上の場合ですから、人によっては20％もいい顔になります。気合を入れて、目力《めぢから》を込めて、顔全体をぐっと引き締めて、うんと意識して鏡を見るのです。そうすると、普段のぼーっとした顔より、10％から人によっては20％、美人、イケメン、かわゆく見えるのです。まして、スマホのアプリを使って自撮りなんかしたら、50％以上アップします。

逆に言うと、普段の顔は、そこから10％、人によっては20％劣化した顔になります

（アプリの場合はすごい数字になります）。

人はなかなか、自分の普段の顔を見ることはないのです。鏡の前に立つと、どうしても気合が入ってしまうのです。

ですから、まれに、「他人が撮った写真の後ろに写り込んでしまった普段の自分」とか「写真を取っていることに気付かなくて油断した自分」の顔を見て、愕然《がくぜん》とするのです。

まして、自分がしかめっつらをして、そのまま鏡を見る、なんてことはまずありません。カメラやスマホを向けられれば、意識的にか無意識的にか、いい顔になります。

「今を写すのが写真なら、人はなぜ微笑むのでしょう」という言葉を、昔、友人が高校の文芸誌に書いたことがあります。

今を写すなら、しかめっつらをしている時はしかめっつらのままのはずです。でも、カメラやスマホを向けられると、微笑んでしまうのです。

逆に言うと、カメラやスマホを向けられると、自分が今、しかめっつらをしているということに気付きます。

ですから、人に言われる前に、またはカメラやスマホを向けられる前に、ハッと「今、自分はしかめっつらをしている」と気付く人は、素敵な人だと思います。しかめっつらであること、深刻であることから、少し自由になれている人です。

最後から2番目の「彼女を代弁すると」の詩を知り合いの女性の前で読んだことがありました。その女性は、「私は頭が悪いから」が口癖でした。なにかあると、しかめっつらをしたまま、この言葉を繰り返しました。

そう言いながら、とてもプライドが高いようにも感じました。「頭が悪いから」という言葉を哀しくとか、残念そうにとか、すまなそうにではなく、とても攻撃的に言いました。

まるで、自分を守るための護符《ごふ》のようでした。何度も繰り返しながら、自分をとても厳重に守っているように感じられました。

そして、彼女は、しかめっつらのまま、なにかあると周りを否定していました。彼女の話す内容の7割から8割近くがネガティブな言葉でした。

「彼女を代弁すると」を聞いた後、彼女は「Tシャツの下の二つのふくらみが、堂々と主張できるような人はいいよねえ。私の体なんか、全然、主張しないから。こんなの、女として恵まれた人の話よ」としかめっつらをしたまま、攻撃的な口調で言いました。

僕は何も言いませんでした。ただ、彼女を見ていました。彼女の肌は、僕の肌なんかよりはるかに張りがあって、瑞々しく、生気に満ちていました。五十代の肌と比べれば、輝く二十代の肌でした。

僕は黙ったまま、どうやったら、そのことを彼女に伝えられるんだろうかと考えていました。

彼女はしかめっつらをしたまま、「男の鴻上さんには分からないですよ」と言いました。僕は、カメラやスマホを向けずに、「眉間に皺があるよ」とも言わずに、どうしたら、そのしかめっつらが微笑みに変わるか考えました。

そして、まず、「うんこ」を声に出して読むことにしたのです。

愛されなかったら

夢

立っていた　花々にかこまれて
あなたは　私の
夢の中に

時はとまり　いなかった
誰も
　　私たちのほかに
　　微風と一匹のてんとう虫のほかに
　　そして

言った　あなたは
私を愛していないと
ほほえんで

後悔　五つの感情・その一

あのときああすればよかったと
そんなやくざな仮定法があるばっかりに
言葉で過去を消そうとするけれど
目前の人っ子ひとりいない波打際は
目をつむっても消え去りはしない
せめて上手に後悔しようと

過去を苦い教訓に未来を夢見る事は
あの日のあなたのかけがえのない
こわれやすい愛らしさを裏切ることになる
くり返す波の教えるのは
ただの一度も本当のくり返しは無いという事
けもののように言葉をもたなかったら
このさびしい今のひろがりを
無心に吠えながら耐える事もできようものを

あなたをしりたいんじゃない

あなたをしりたいんじゃない
わたしをしってほしいんでもない
まじりあいたいの　それだけ
うそもほんともいっしょくたに

わたしはいろんないろ
あなたもいろんないろ
まじりあえばかがやくモアレもよう
うごきやまないきもちのまぶしさ

いつのまにかきょうはきのう
いつのまにかきょうはあした
そのさきがだれにわかるの？

接吻

彼女は他の男の匂いをさせて帰ってきた
そこで僕は彼女に接吻出来なかった
それから二人は太陽の熱さの残っている
ふとんに入った
その日は一日いい天気だった
それでも僕は接吻出来なかった
彼女は自分の胸をぴったり僕の胸に押しつけた
それでも僕は出来なかった
彼女が別の女のように思えた
ふたりの会う前のようだった
まだ僕が彼女のあそこを知らないで

日曜日にはひとりで釣に出かけた頃のようだった
あの小さな沼のそばで冬の薄陽を眺め
誰かに会うのを待っていた頃のようだった
僕はおそろしかった
それでも僕は出来なかった
そうしていつか眠りこんだ
大きな草原のような夜だ
いつまで駈けてもいつまで駈けても

泣く

彼女には泣くべき理由があった

彼女には泣くべき理由が沢山あった
そして誰もそれを理解しなかった
だから彼女は泣いた
黒い裏皮の手袋の
右の手で右のまぶたを押さえ
左の手で左のまぶたを押さえて
涙は次から次へと丸い滴になって
唇のところでとまって
それは少し塩辛かった
外では雨が降っていた
それは涙とは似ても似つかなかった
雨には理由がなかったから
角の花屋ではチューリップが生々としていて
花屋の小さな男の子は裸足ではしゃいでいた

だから彼女は泣いた
彼女はもう大人で裸足にはなれなかったので
彼女には泣くべき理由が沢山あった
それは一々口では云えない
彼女にもよく解らないことだってあったので
だから彼女は泣いた
泣きながら歩いた
去年の秋はこんなじゃなかった
この長靴だって水はもらなかった
だから彼女は泣いた
それから静かに立ち上がり
軋む硝子戸を押して外へ出た
舗道は濡れていて
どこまでも続いていた

遠くで橙色の信号灯が
病気の太陽のように明滅していた
これというのもみんな
あの愛というもののせいなのだ
その愛は彼女をさいなみ
彼女の乳房の尖《さき》をかたくした
だから彼女は泣いた
泣きながら歩いた
夜がもう行手一杯に立ちふさがっていて
彼女はこわかった
だが誰も彼女を助けられない
僕も君も彼女自身も
だから彼女は泣いた

きみ

きみはぼくのとなりでねむっている
しゃつがめくれておへそがみえている
ねむってるのではなくてしんでるのだったら
どんなにうれしいだろう
きみはもうじぶんのことしかかんがえていないめで
じっとぼくをみつめることもないし
ぼくのきらいなあべといっしょに
かわへおよぎにいくこともないのだ
きみがそばへくるときみのにおいがして
ぼくはむねがどきどきしてくる
ゆうべゆめのなかでぼくときみは

ふたりっきりでせんそうにいった
おかあさんのこともおとうさんのことも
がっこうのこともわすれていた
ふたりとももうしぬのだとおもった
しんだきみといつまでもいきようとおもった
きみとともだちになんかなりたくない
ぼくはただきみがすきなだけだ

世の中にはどうしようもないことがあります。泣いてもわめいても叫んでも怒っても、どうにもならないことです。

交通事故で突然家族を失ったとか、天災で大切な人を亡くしたとか、余命いくばくかの病気を宣告されるとか、どうしようもないことはいくつかあります。

愛しても愛しても振り向いてもらえない恋愛に苦しむことも、どうしようもないことです。

どんなに愛しても、どんなに焦《こ》がれても、どんなに求めても、どんなに好きでも、どうにもならない。

どんなに頼んでも、願っても、すがっても、ひざまずいても、号泣しても、愛してもらえない。

かなわない恋愛は、間違いなくどうしようもないことです。

でも、恋愛によって、この世の中にはどうしようもないことがある、ということを知るのは、ましなことなんじゃないかと僕は思っているのです。

交通事故でも天災でも病気でも、ましてテロや戦争でもなく、世の中にはどうしようもないことがあるということを、恋愛で知ることは、ある種の救いなんじゃないのか。

救いのひとつは、どうしようもないことの原因が自分にあることです。天災も交通事故も病気も戦争もテロも、自分が原因ではありません。愛しい人が酔っぱらい運転に轢《ひ》かれることも、地震が起こることも、ガンを宣告されることも、あなたの発言や行動と何の関係もありません。病気は少しは関係があるかもしれませんが、タバコを吸っている人が全員、例外なくガンにかかるわけではないでしょうから、因果関係は完全なイコールではありません。

自分とまったく関係も責任も原因もないものに苦しめられることほど、理不尽で不条理なことはないのです。

けれど、どうしようもない恋愛はあなたと完全に関係しています。あなたが誰かを好きになったことが、すべての始まりです。そして、その愛が受け入れられなくて、愛されなくて、あなたは苦しむのです。

どうしようもなさを作ったのはあなたです。他のだれでも何者でもない、原因はあなたなのです。

　もちろん、苦しんでいる最中は、こんなことを考える余裕はありません。ただ苦しく、切なく、悲しく、辛く、あの人への思いを諦めきれたらどんなに幸せかと思いながら、諦めきれないのです。

　それでも、この苦しさは自分が原因だと思えば、少しは救われる思いがするのです。どうしようもなさを、恋愛で知ることが救いになるもうひとつの理由は、死者が比較的少ないことです。

　恋愛でももちろん人は死にますが、交通事故、天災、病気、戦争、テロに比べれば、致死率と死者数は低いでしょう。

　どんなに苦しくても、生き続けて、また恋愛できること。それは救いです。再び、どうしようもない恋愛に苦しめられるかもしれませんが、でも、またいつか、恋愛できることは救いなのです。

　最後に紹介した「きみ」を、谷川さんは、「小学生のゲイの詩」だと自ら説明しています。「これは明らかに男の子同士の愛情の話」なんだと。

　好きになった相手の寝顔を見つめて、

「ねむってるのではなくてしんでるのだったら　どんなにうれしいだろう」

どうしようもない恋愛をしている時、僕も同じことを思いました。

愛されたら

あのひとが来て

あのひとが来て
長くて短い夢のような一日が始まった

あのひとの手に触れて
あのひとの頬に触れて
あのひとの目をのぞきこんで
あのひとの胸に手を置いた

そのあとのことは覚えていない
外は雨で一本の木が濡《ぬ》れそぼって立っていた
あの木は私たちより長生きする

そう思ったら突然いま自分がどんなに幸せか分かった

あのひとはいつかいなくなる
私も私の大切な友人たちもいつかいなくなる
でもあの木はいなくならない
木の下の石ころも土もいなくならない

夜になって雨が上がり星が瞬《またた》き始めた
時間は永遠の娘　歓《よろこ》びは哀《かな》しみの息子
あのひとのかたわらでいつまでも終わらない音楽を聞いた

地球へのピクニック

ここで一緒になわとびをしよう　ここで
ここで一緒におにぎりを食べよう
ここでおまえを愛そう
おまえの眼は空の青をうつし
おまえの背中はよもぎの緑に染まるだろう
ここで一緒に星座の名前を覚えよう

ここにいてすべての遠いものを夢見よう
ここで潮干狩をしよう
あけがたの空の海から
小さなひとでをとって来よう

朝御飯にはそれを捨て
夜をひくにまかせよう

ここでただいまを云い続けよう
おまえがお帰りなさいをくり返す間
ここへ何度でも帰って来よう
ここで熱いお茶を飲もう
ここで一緒に坐ってしばらくの間
涼しい風に吹かれよう

あげます

もぎたてのりんごかじったこともあるし
海に向かってひとりで歌ったこともある
スパゲッティ食べておしゃべりもしたし
大きな赤い風船ふくらませたこともある
あなたを好きとささやいてそして
しょっぱい涙の味ももう知っている
そんな私のくちびる……
いまはじめて――あなたにあげます
世界じゅうが声をひそめるこの夜に

読唇術

きみのくちびるの間にぼくのおごりの
（とてもレアな）ステーキのひときれが
消えてゆくのを見守った時には
きみの食べものになってぼくも
きみの口の中に入ってゆきたいと思ったな
しかしそこから心へと通ずる道を探っても
生あたたかいきみの唾液にまみれて
ぼくは迷子になってしまうのがおちだろう
その晩ずっとおそくなってから敷布の上で
その同じくちびるをなかば開いて
きみはちいさな叫び声をあげた

その時もぼくが待ち望んでいたのは
もしかすると吐息でもあえぎでもなく
何かは分らないけれどぼくをおびやかす
ひとつの言葉だったのかもしれない
透きとおった硝子のへりにくちびるが触れ
ひとしずくの水がおとがいへと伝わって
そこからきみの微笑がこぼれてきた朝
もういちど白く硬い歯のかこみを破って
ぼくはきみの無言の中心を味わおうとしたが
きみは巧みにぼくの腕を逃れて
窓をあけ林に向かって口笛を吹いた
そこから一匹の黒いむく犬がとび出してきて
ぼくらに向かって尾をふったんだ
生きもの同士の親しみをあらわに

指先

指先はなおも冒険をやめない
ドン・キホーテのように
おなかの平野をおへその盆地まで遠征し
森林限界を越えて火口へと突き進む

唇

笑いながら出来るなんて知らなかった
とあなたは言う

唇はとても忙しい
乳房と腿のあいだを行ったり来たり
その合間に言葉を発したりもするのだから

……

砂に血を吸うにまかせ
死んでゆく兵士たちがいて
ここでこうして私たちは抱きあう
たとえ今めくるめく光に灼かれ
一瞬にして白骨になろうとも悔いはない
正義からこんなに遠く私たちは愛しあう

ここ

どっかに行こうと私が言う
どこ行こうかとあなたが言う
ここもいいなと私が言う
ここでもいいねとあなたが言う
言ってるうちに日が暮れて
ここがどこかになっていく

願い

いっしょにふるえて下さい
私が熱でふるえているとき
私の熱を数字に変えたりしないで
私の汗びっしょりの肌に
あなたのひんやりと乾いた肌を下さい

分かろうとしないで下さい
私がうわごとを言いつづけるとき
意味なんか探さないで
夜っぴて私のそばにいて下さい
たとえ私があなたを突きとばしても

私の痛みは私だけのもの
あなたにわけてあげることはできません
全世界が一本の鋭い錐でしかないとき
せめて目をつむり耐えて下さい
あなたも私の敵であるということに

あなたをまるごと私に下さい
頭だけではいやです心だけでも
あなたの背中に私を負って
手さぐりでさまよってほしいのです
よみのくにの泉のほとりを

魂のいちばんおいしいところ

神様が大地と水と太陽をくれた
大地と水と太陽がりんごの木をくれた
りんごの木が真っ赤なりんごの実をくれた
そのりんごをあなたが私にくれた
やわらかいふたつのてのひらに包んで
まるで世界の初まりのような
朝の光といっしょに

何ひとつ言葉はなくとも
あなたは私に今日をくれた
失われることのない時をくれた

りんごを実らせた人々のほほえみと歌をくれた
もしかすると悲しみも
私たちの上にひろがる青空にひそむ
あのあてどないものに逆らって

そうしてあなたは自分でも気づかずに
あなたの魂のいちばんおいしいところを
私にくれた

谷川さんは、愛されない詩より、愛される詩や愛し合う詩が多いです。愛されてきたんだなあと思います。もっと分かりやすく言うと、もててきたんだなあということです。愛されることが多いと、心に余裕が生まれます。

見つめ合っている時だって、デートする時だって、口説く時だって、初めての時よりは何度目かの時の方がなんとかなるものです。もちろん、本当に好きになってしまえば、緊張も興奮もマックスになりますが、それでも、「初めてのデートでマックス」と、「何度目かのデートでマックス」ではずいぶん違うでしょう。

「相手が変われば、私はいつも恋の初心者」ということはなくて、恋愛そのものに場馴《ばな》れしてくるはずです。

余裕があれば、相手をよく観察できますし、的確な言葉も言いやすくなります。混乱してとんでもないことを言う可能性も減るし、事前に決めたデートのダンドリに固執《こしつ》して無残な結果になることもなくなるでしょう。

そして、恋愛をよく見つめられるようになるのです。

愛されることが少ない人は、片思いや叶《かな》わぬ思いに詳しくなります。けれど、ちゃんと愛されて恋愛した人は、恋愛そのものを詳しく見つめることになるのです。

そうすると、お互いが好きだと言っていても、単純に喜ぶだけのことではないと気付くのです。

谷川さんの言葉です。


〝失恋は恋人を失うことであっても、自分自身の恋する気持ちを失うことではない。恋人が離れていっても、恋は終らない。恋は遠くにあって手に入らないものを求める気持ちなのだから、もともと孤独なものなのです〟


愛されることで初めて見えてくる言葉だと思います。愛されてないと、愛されてないという事実があまりに悲しく、愛そのものを観察することが難しくなるのです。

愛されないことはとても孤独なことですが、愛されてもなお孤独を感じるという気付きは、愛されないと確かめられないのです。

そして、恋がもともと孤独なものなら、相手がどんなに微笑んでも、どんなに愛の言葉を受け入れてくれても、恋すれば恋するほど淋しくなったり、好きになれば好きになるほど切なくなったり、愛しくなれば愛しくなるほど孤独を感じたり、愛すれば愛するほど悲しくなるのは、当然だと分かるのです。

『恋愛王』（角川文庫）という本を僕は昔、出しました。映画や小説、演劇や読者のもらったラブレター（もともとは雑誌の企画でしたから）などから愛に関する言葉を抜粋して、僕が愛に関してああでもない、こうでもないと語るものでした。それなりに売れて、小さなベストセラーになりましたが、今はもう絶版になっています。

最後に「あとがきにかえて。」という文章を書きました。1990年7月3日という日付が入っています。

いくつかの忘れがたい人々のことを描写しました。一人一人が僕にとって貴重な恋愛論でした。

そのひとつがこんな文章です。

〝60歳に近い男性と話した時のことも忘れられません。ひょんなきっかけから、結婚の話になり、その男性に、いつ結婚されたのですかと聞けば、「何度目の結婚のことですか？」と逆に尋《たず》ねられました。

何度目と言って、何度なされたのですか、とまた聞けば、「三度」とその男性は優しい目で答えてくれました。

一度目はいくつの時で、二度目はいくつの時で、そして三度目は、

「三度目は？」と聞けば、

「今年の春」と、その男性は言いました。

えっ、じゃあ、と言葉をつげば、その男性は、微かな恥じらいを目の奥に隠して、

「今、新婚なんです」

60に近い男性のその言葉の裏に、一瞬、彼が通過してきた修羅場の残り香を見つけ、喜劇を振る舞う彼の決意を感じた時、僕は、元気になりました。

「なぜか、元気になりました」

と、その男性に語れば、

「よかった。僕は人を元気にするのが、大好きなんです」と、また、その男性は優しい喜劇を演じ返してくれました。〃

この男性が、谷川俊太郎さんでした。なにかのイベントで一緒になり、同乗したタクシーの中での会話でした。

『恋愛王』の時は、名前を書きませんでした。理由は覚えていません。僕なりの新婚男性への気の使い方だったのかもしれません。この時、谷川さんは58歳。僕は31歳でした。

谷川さんの恋愛の詩を読むと、「ああ、恋愛したい」と思います。懲《こ》りても、苦しくても、苦《にが》くても、ひどい目にあっても、捨てられても、裏切られても、「ああ、また、恋愛がしたい」と思うのです。

なんて残酷で素晴らしいことなんでしょう。

大切な人をなくしたら

死

死因が分ったところで
死が説明できるわけではない

犯人が見つかったところで
死がつぐなわれるわけではない

死は

死

死は突然にやってくる
何の説明もなく

その死の上に秋の陽は輝きわたる
やはり何の説明もなく

コーダ

君は死にかけていてぼくはぴんぴんしてる
ぴんぴんしてるだけでぼくは君に対して残酷だが
もし君が死んで墓に入ってしまえば
今度は残酷なのは君のほうだ
君はもう利口ぶった他人に吐き気をもよおすこともないし

利口ぶった自分に愛想をつかすこともない
君の時間はゆったりと渦巻き
もうどこへも君を追い立てたりはしない

だが君が安らかだということがぼくを苦しめるのだ
もう君にしてやれることは何もないのに
なぐることもあやまることも出来ないのに
君はそんなにも超然としていてつけこむ隙もない
死後に残る悔いと懐かしさは君のものではなくぼくだけのもの

君が死んでしまえばぼくが何を思ってもひとりよがりになってしまう
しかしだからと言って君に死なないでくれと言えるだろうか
病院のベッドに無数の管でくくりつけられている君に

モーツァルトのぼくの大好きなコーダの一節のように
君はもうすぐ大気に消え去る
手でつかめるものは何ひとつ残さずに
もどかしい魂だけを形見に

そのあと

そのあとがある
大切なひとを失ったあと
もうあとはないと思ったあと
すべてが終わったと知ったあとにも
終わらないそのあとがある

そのあとは一筋に
霧の中へ消えている
そのあとは限りなく
青くひろがっている

そのあとがある
世界に　そして
ひとりひとりの心に

見舞い

入り江に向かうなだらかな坂道を下り
ホテルと見まがう新しい病院の一室で
もうすぐ死ぬかもしれないひとと
穏やかなひとときを過ごした

(問いかけたいことはもうなくなっていた
答が分かったからではなく
答が分からないことが答だと知ったから)

窓際のコップの中のハマナスの花
枕もとに散らばる子どもたちの写真
からだにつながれた機械の微かな吐息
硝子窓を透かして見える世界の切れはし
曼荼羅を描くのに足りないものはない

「……あのとき……あなたと……私は……」
切れ切れに言いかけてあとが続かない
だが青白い仮面のような表情の下に
見えない微笑みの波紋がひろがり
ベッドの上の病み衰えたひとは
健やかな魂のありったけで私を抱きしめた

いなくならない

茨木のり子さんに

あなたがいなくなったと知った朝
二月の雨もよいの空の下

庭の梅の木が小さな花をつけていた
郵便がどさっと投げこまれ
子どものむずかる声が聞こえ
一日が始まった

あなたを失ったとは思っていません
茨木さん
悼むこともしたくない
半世紀を超えるつきあいを
いまさら絶つなんて無理ですよね
からだはいなくなったって
いなくならないあなたがいる
いつか私が死んだあとも

生と死の境界は国境線ほどにも
私とあなたをへだてない
そのことを証しするために
あなたの詩句を引用する誘惑から
逃れるのは難しいけれど
書いたものの中にだけ
あなたがいるわけではないと　茨木さん
そう言いたいんです今は

私から触れることはできないとしても
あなたは今も私に触れてくる
風に和む手で　雨に癒される眼差しで
星々に慈しまれる微笑みで
明日を夢見ることを許された

一日の終わりに

茨木のり子＝「櫂」を創刊し、戦後詩を牽引した日本を代表する女性詩人にして、童話作家、エッセイスト、脚本家。一九二六年六月十二日、大阪府生まれ。二〇〇六年二月十七日没。

声とどいていますか？

竹内敏晴さんに

あなたが行ってしまった
あなたの声と一緒に
あなたの眼差しと一緒に
あなたの手足と一緒に
あなたは行ってしまった

あなたは今どこにいるのか
あなたがどこにいようとも
今そこにいるあなたに向かって
私たちは呼びかける
声　とどいていますか？

あなたの書いた言葉は残っている
あなたの動く姿の記録も
あなたの叫ぶ声歌う声も
でもあなたは行ってしまった
私たちをここに置き去りにして

だが声は生まれる

途絶えずに声は生まれる
ときに堪えきれない嗚咽のように
ときに幼子の笑いのように
あなたが無言で呼びかけるから

あなたは行ってしまった
行ってしまったのに　あなたはいる
私たちひとりひとりのからだに
思い出よりも生々しくたくましく
あなたはいる　今ここに

竹内敏晴＝演出家。竹内演劇研究所を主宰。のち、「からだとことばのレッスン」と呼ばれる独特の演劇トレーニングの仕方を開発。一九二五年三月三十一日、東京都生まれ。二〇〇九年九月七日没。

あの日

もう思い出せないことばは
どこへ行ってしまったのだろう
病む人のかたわらに座り
とりとめのない話をしたあの日

微笑《ほほえ》みは目にやきついているのだが
話したことはきっと
あの人が持って行ってしまったのだ
ここではないどこかへ

いやもしかすると

私がしまいこんでしまったのか
心のいちばん深いところへ
取り返しのつかない哀《かな》しみとともに

おまえが死んだあとで

おまえが死んだあとで
青空はいっそう青くなり
おまえが死んだあとで
ようやくぼくはおまえを愛し始める
残された思い出の中で
おまえはいつまでもほゝえんでいる

おまえが死んだあとで
歌声はちまたに谺して
おまえが死んだあとで
ようやくぼくはおまえに嘘をつかない
残された一通の手紙に
答えるすべもなく口をつぐんで

おまえが死んだあとで
人々は電車を乗り降りし
おまえが死んだあとで
ようやくぼくはおまえを信じ始める
残されたくやしさの中で
ぼくらは生きつづけひとりぼっちだ

できることならば、なるべく葬儀には参列したくないと思っています。筑紫哲也《ちくしてつや》さんのお葬式にも井上ひさしさんのお葬式にも、僕は参列しませんでした。

葬儀が嫌いなのです。葬儀に参列すると、本当に関係が終わるという気がします。でも、参列しないと、死んだのではなく、長い間会ってないという気持ちになれるのです。

僕が小学5年生の時、祖父が死にました。僕は初孫で、それはそれは可愛がられました。小学校2年まで、祖父母と同居していましたから、余計、大切にされました。両親と共に実家を出た後は、お盆や正月にだけ会う関係になりましたが、そのたびに喜んでくれました。

おじいちゃんが死んだと聞いても、小学生だった僕は、あまりピンときていませんでした。もちろん、頭では理解していましたが、なんというか、心の深い部分では受け入れていませんでした。

お葬式の当日、最後の別れだと言われて、棺桶《かんおけ》に横たわるおじいちゃんの顔を間近で見ました。その瞬間、涙が溢れ出ました。そこにいたのは、愛しいおじいちゃんではなく、二度と口を開くことのない、物質に変わったおじいちゃんでした。僕は激しいショックを受けました。

その姿は、祖父の死を僕に突きつけました。納得するというより、ねじ伏せられるように、祖父の死を僕は受け入れました。

お盆と正月にしか会わないようになっていましたから、久しぶりに会ったおじいちゃんは、死体でした。

会わない間、僕は「今、おじいちゃんはどうしているかな?」と思う時がありました。そうして、空想の中でおじいちゃんと対話していました。でも、おじいちゃんの死体を見てしまった時から、もう空想しなくなりました。おじいちゃんのことを思い出すことはあっても、「今、おじいちゃんはどうしているかな?」と対話することはなくなりました。死体を見て、おじいちゃんの死を突きつけられたからです。

ジャーナリストの筑紫哲也さんは、20年以上、毎回、僕の芝居を見に来てくれました。今でも僕は、「筑紫さんなら、この芝居、どう思うかな?」と空想します。「そういえば、しばらく会ってないなあ」と思いながら。

だから、許されるなら、なるべく、葬儀に出たくないのです。葬式花を送っても、参列しなければ、相手は長い旅に出ていると思えます。

筑紫さんは、何年かニューヨーク勤務でした。この間は、本当に会えませんでしたから、筑紫さんはまた、長い旅に出ているんだと、思えるのです。

井上ひさしさんも蜷川幸雄《にながわゆきお》さんも、僕は「しばらく会ってないなあ」と思います。そして、心の中で折に触れて「どう思いますか？」と対話します。井上さんなら、この芝居をなんて言うんだろう、蜷川さんならこの演出にどんな悪態《あくたい》をつくんだろうと問いかけるのです。

死体を見なかったから、できていると僕は思っているのです。

もちろん、参列しないことが許されない場合もあります。肉親や親族やとても近しい人の場合です。そういう時は、もちろん、僕は参列します。

いつも会っていた人が亡くなった時は、死体を見る必要があるのだと思います。そして、死んだことを強引に自分に納得させるのです。いつも傍《そば》にいた人、いつも話していた人がいないことを心に納得させるには必要な手続きなのでしょう。

でも、とても近しくても普段はあまり会ってなかった人の場合は、僕はなるべく死体は見たくないのです。許されることなら、葬儀に出たくないと思っているのです。

ですから、いつも傍にいたのに突然いなくなり、死体は見つからない、というのは身を引き裂かれる気持ちだろうと思います。

いつも傍にいた人が突然消える。行方不明のまま、死んだと判断される。死体のないまま、葬儀を行う。

そういう経験をした人に会うと、僕は、世の中には慰められないことがあるんだと気付きます。演劇は、そういう人を癒《いや》すことはできないけれど、ほんの束《つか》の間《ま》、辛《つら》いことを忘れさせてあげることはできるかもしれないと思います。

20代の頃には、涙を拭くハンカチのような芝居がしたいとエッセーに書きました。演劇は涙の出る根本の理由には無力ですからと。その思いは、今も変わっていません。

家族に疲れたら

夫婦

わからんなあと男が言って
女はむっつり黙ってる
二十五年の月日が流れ
冬の日差しをからだに浴びて
それでもふたり差し向かい
この世は分からんことだらけ

それあれしろよと男が言って
女はのっそり立ち上がる
別れ話がもつれた晩も
泣いてどなってなぐってぶって

朝までふたり差し向かい
この世は笑えることばかり

どうにかしてよと女が言って
男はゆっくり酒をつぐ
声をそろえてカラオケ歌い
席にもどればお墓の話
やっぱりふたり差し向かい
この世はあの世のつづきです

別れてもいいんだ

別れてもいいんだ
ふたりでいる苦しみよりも
ひとりでいるさびしさのほうが
まだ楽だと思うなら
なにもかもきみに返すよ
ふたりで入った生命保険
きみが編んだおそろいのマフラー
でも五年間の思い出だけは
もってけないね

別れてもいいんだ

なんのために我慢するのか
憎むなんていうわけじゃないが
もう疲れてしまったよ
なにもかもきみにあげるよ
ふたりで集めたガラスの動物
座りなれた手造りの椅子も
でもユパンキのレコードだけは
おいてってくれ

けやきの緑が美しい道を
背を向けてきみは歩いてゆく
きみがどこかで生きてゆくように
ぼくもどこかで生きてゆくだろう

不機嫌な妻

不機嫌な妻はジャガイモを剥《む》きながら
からだの暗闇《くらやみ》でフロイトと不倫している
青空がありさえすればそれだけでいい
そう思ったのは高校の卒業式の朝のこと

あれから何度商店街を往復したことか
当時の乳首が今の乳首を見くびっている
愛なんて観念は役立たずと知ってから
口数が多くなって口も肥えた

不意に涙がこぼれるのはまだ悲しみがあるから？

それとも家族の出払ったこの午後の静けさのせい？
朝の市場のあの喧噪《けんそう》がもう聞こえない
泥だらけの野菜の目で今の自分を見てみたい

幸せから始まる考えがどこかにあるはずなのに
心の奥に溜《た》まり続ける日々の燃えないゴミ
不機嫌な妻は台所の独房でタマネギを切り刻み
中絶した子どもが面会に来るのを待っている

ママ

ぼくん中にママがいるんだって言うから

それどういうことってきくと
だってそうなんだもん
ママがどっか行くとぼくん中のママも行っちゃう
それいやだ
ぼくからっぽになっちゃってこわいよ
でもママはどこへ行ってもいつもちゃんと帰ってくるじゃない
うん……
ほんと言うと私は嬉《うれ》しくてしようがない
この子がこんなに私を必要としていることが
夫なんていなくてもいい
ママおっぱいと言われると私はだめと言えない
夫にはいくらでもすげなく出来るのに
私の中にもまだこの子がいるみたい
ママが死なないようにぼく毎晩お祈りしてるよって言われると

私嬉しくて死にたくなる
でもママいつかは死ぬよね
ぼくママが死んでも生きていけるようにしなくちゃ
私は子どもの顔を自分の裸の胸にぎゅっと押しつける
そんなこと言わないで
ぼくママが死んでも生きていけるよ
だってそのときにはもうコイビトがいるもん
そんなこと言わないで
新しいおっぱいだよでっかいおっぱいだよ
そんなこと言わないで
これはこの子の手管かしら
ママはずっとあなたと一緒よ
そうだね死んでもママはぼくといっしょなんだ
ぼくママの匂《にお》いが大好きママとおんなじ匂いのする人がいいな

もうきっとママのことは忘れてるだろうけど
ぼくのコイビトはママとおんなじようにやわらかくていい匂い
そしたらぼく生きていける
世界中の女をぼくのママにするもん
いいでしょママ
そんなこと言わないで
あなたのママはこの私ひとりだけ
ママのおっぱい吸って
私はあなたのコイビト未来のコイビト

父の唄

遠く行け息子よ
おれをこえて遠く行け
愛せるだけの女を愛せ
だが命かけて愛するのは
ただひとりだけ
おれがきみのおふくろを愛したように

遠く行け息子よ
地平こえて遠く行け
拓けるだけの荒野を拓け
だが命かけて求めるものは
ただひとつだけ
おれがついにつかめずに終った何か

遠く行け息子よ
時をこえて遠く行け
笑えるときは大きく笑え
だが涙流しこらえるのは
ただ自分だけ
おれがいつもひとりでそうしたように

おおきくなる

おおきくなってゆくのは
いいことですか
おおきくなってゆくのは

うれしいことですか

いつかはなはちり
きはかれる
そらだけがいつまでも
ひろがっている

おおきくなるのは
こころがちぢんでゆくことですか
おおきくなるのは
みちがせまくなることですか

いつかまたはなはさき
たまごはかえる

あさだけがいつまでも
まちどおしい

わるくちうた

とうさんだなんて　いばるなよ
ふろにはいれば　はだかじゃないか
ちんちんぶらぶら　してるじゃないか
ひゃくねんたったら　なにしてる？

かあさんだなんて　いばるなよ
こわいゆめみて　ないたじゃないか

こっそりうらない　たのむじゃないか
ひゃくねんまえには　どこにいた？

大人の時間

子供は一週間たてば
一週間ぶん利口になる
子供は一週間のうちに
新しいことばを五十おぼえる
子供は一週間で
自分を変えることができる
大人は一週間たっても

もとのまま
大人は一週間のあいだ
同じ週刊誌をひっくり返し
大人は一週間かかって
子供を叱ることができるだけ

あかんぼがいる

いつもの新年とどこかちがうと思ったら
今年はあかんぼがいる

あかんぼがあくびする

びっくりする
あかんぼがしゃっくりする
ほとほと感心する

あかんぼは私の子の子だから
よく考えてみると孫である
つまり私は祖父というものである
祖父というものは
もっと立派なものかと思っていたが
そうではないと分かった

あかんぼがあらぬ方を見て眉をしかめる
へどもどする
何か落ち度があったのではないか

私に限らずおとなの世界は落ち度だらけである
ときどきあかんぼが笑ってくれると
安心する
ようし見てろ
おれだって立派なよぼよぼじいさんになってみせるぞ

あかんぼよ
お前さんは何になるのか
妖女になるのか貞女になるのか
それとも烈女になるのか天女になるのか
どれも今ははやらない

だがお前さんもいつかはばあさんになる

それは信じられぬほどすばらしいこと

うそだと思ったら
ずうっと生きてってごらん
うろたえたり居直ったり
げらげら笑ったりめそめそ泣いたり
ぼんやりしたりしゃかりきになったり

そのちっちゃなおっぱいがふくらんで
まあるくなってぴちぴちになって
やがてゆっくりしぼむまで

英語には「どの家庭も戸棚の中に骸骨がある Every family has its skeleton in the cupboard.」という諺《ことわざ》があります。僕はこの諺がじつは好きです。

どの家庭にも他人には知られたくないことがある。それは当り前のことなんだ、という意味です。

だから、そんなことをいちいち取り上げて攻撃したり、心配したり、揶揄《やゆ》したり、問題にしたりしても意味がないんだ、と続くと僕は思っています。

家族は一番身近で基本的な生活単位です。夫婦か親子（か、まれに兄弟姉妹とか祖父母と孫とか）が最小単位ですが、人間が密接な空間で、長時間生活を続けているのですから、問題が起こらない方がおかしいと僕は思っています。

僕は劇団というものをかれこれ35年ぐらいやっています。最初の劇団は30年で解散しましたが、性懲《しょうこ》りもなく、また次の劇団を始めました。最初の劇団の場合、初期の数年は始終、一緒にいました。お盆と正月以外は、毎日、顔を合わせていたと言っても大げさではないです。

ですから、濃密な人間関係の中で、いろんなことが起こりました。それでも、この時の劇団は10人前後いました。1人を嫌いになっても、他の9人と会話できるのです。

これがロックバンドだったら4人前後なんだよなあと思って、ゾッとしたことがあります。1人嫌いになるだけで人間関係の3分の1か4分の1です。大変だろうなあと思わず同情したのです。

まして、夫婦なら2人です。親子でも平均なら4人前後でしょうか。祖父母が同居しても6人前後。行き詰まれば、逃げ道はないですから、どんどんエスカレートしていくでしょう。小さなことが気がつけば取り返しのつかないことになる。ですから、何も起こらないと考える方がおかしいのです。

「長年つれそった夫婦は、なんとなく、いつも不機嫌」という言葉があります。そんなものじゃないかと僕は納得します。

結婚する前、喫茶店やレストランで黙ったまま、食事をする夫婦を見ると、いつも不思議に思っていました。

黙々と食事をする2人はどうして、一緒にいるのだろう。何が楽しいのだろう。どうして黙ったまま、2人は食事をするのだろう。なぜ会話しないんだろう。ほんのちょっとした言葉がどうして出ないんだろう。黙ったままなら一緒に食事しない方が絶対にいいと思うんだけど。

結婚生活を長く続けていると、どんなに黙っていても、同じテーブルで食事をしていることの意味に気付きます。

黙々と食事していた2人は、何の会話もなくても、同じテーブルで食事していたのです。その一点で、2人は依然《いぜん》として夫婦なのです。関係が壊れた夫婦は、黙るどころか同じテーブルで一緒には食事しないのです。それぞれが一人っきりで別々に食事するのです。

そう考えると、黙々と食事をしていた夫婦の風景が違う印象になりました。

子育てとは、子どもを守りながら育てることではなく、健康的に自立するように育てることだと思っています。

ともすれば、「守ること」「しつけること」「怒ること」「心配すること」が子育てだと思いこみがちですが、子育ての目標は、「自立させること」つまりは「自分の足で立てる人間になるように導くこと」だと思うのです。

「自立させよう」として子どもたちとぶつかることより、「守ろう」としてぶつかることの方が多いと感じます。「しつけよう」「心配しよう」と思うことで、子どもたちとすれ違っていく親をたくさん見てきました。

公園に行くと、子どもの先回りをしながら心配している親にたくさん会います。「そんなことをしたら危ないよ」「それはダメダメ」と守り、「ほら、他の人が待ってるでしょ」「急がないと他の人の迷惑でしょ」と先回りして怒る親にもたくさん会います。子どもも親も疲れるだろうなあと、僕は溜め息をつくのです。

三回離婚している谷川さんですが、夫婦関係の絶望をそのまま描いたと感じる詩はないように思います。

どんなに悲しんでいても、どんなに地獄でも谷川さんはコミュニケイションの手を伸ばしているように感じます。あなたを理解したい、またはこんな風に思ってしまう自分を理解したい、という思いです。

うまく行こうが失敗しようが、「理解したい」という意志がある限り、そこにはかすかな希望があると感じます。

または、「そもそも、どんな場合にも人間が人間を理解するというのは難しいんです。夫婦関係がうまくいっていると思っている時もうまくいってないと感じる時も、人間関係の困難さは同じではないでしょうか」と静かに微笑んでいるような気がするのです。

そして、「ですから、ことさら、行き詰まった夫婦関係や親子関係を描写することもないんじゃないでしょうか。なるようにしかならないと思いますよ」と美味しいコーヒーなんぞを飲みながら谷川さんはつぶやいている気がするのです。いえ、完全に僕のイメージですが。

戦争なんて起こってほしくないと思ったら

せんそうしない

ちょうちょと　ちょうちょは　せんそうしない
きんぎょと　きんぎょも　せんそうしない
くじらと　くじらは　せんそうしない
すずめと　かもめは　せんそうしない
すみれと　ひまわり　せんそうしない
まつの　き　かしの　き　せんそうしない
こどもと　こどもは　せんそうしない
けんかは　するけど　せんそうしない
せんそうするのは　おとなと　おとな
じぶんの　くにを　まもる　ため
じぶんの　こども　まもる　ため

でも　せんそうすれば　ころされる
てきの　こどもが　ころされる
みかたの　こどもも　ころされる
ひとが　ひとに　ころされる
しぬより　さきに　ころされる
ごはんと　ぱんは　せんそうしない
わいんと　にほんしゅ　せんそうしない
うみと　かわは　せんそうしない
つきと　ほしも　せんそうしない

殺す

その人は人を殺した
素手ではなく遠くから人を殺した
血は見えなかった
同情も感じなかった
その日も空は青く澄んでいた

その人は人を殺した
朝起きて顔を洗ってコーヒーを飲んで
それから皆と一緒に人を殺した
殺したなどとは思わずに
誰にも咎められずに

その人が殺した人は
殺されたとも気づかずに
呼吸が止まり心臓が止まり死体になったが
死んだのではなく殺されたのだ
その日も赤ん坊が生まれていた

殺した人もいつか殺されるかも
殺された人もいつか殺していたかも
殺す人も殺される人もひとりになれない
仲良く統計の数字の墓場に眠って
未来の受肉を空しく待っている

平和

平和
それは空気のように
あたりまえなものだ
それを願う必要はない
ただそれを呼吸《こきゅう》していればいい

平和
それは今日のように
退屈《たいくつ》なものだ
それを歌う必要はない
ただそれに耐《た》えればいい

平和
それは散文のように
素気《そっけ》ないものだ
それを祈《いの》ることはできない
祈るべき神がいないから

平和
それは花ではなく
花を育てる土
平和
それは歌ではなく
生きた唇《くちびる》

平和
それは旗ではなく
汚《よご》れた下着
平和
それは絵ではなく
古い額縁《がくぶち》

平和を踏《ふ》んずけ
平和を使いこなし
手に入れねばならぬ希望がある
平和と戦い
平和にうち勝って
手に入れねばならぬ喜びがある

日本よ

どこからかキッチンの隅に現れて
小さな黒い目で私を見つめ
そのネズ公は自己紹介した
「我が名はフレデリック・ホイットマン」
そしてこんな詩を朗々と私に聞かせた

日本よ
森であり湖であり草原であり山々であるものよ
郷土としてのお前を私は賛美するが
国家としてのお前を私は哀れむ
法の条文　経済の数字　演説の美辞麗句

お前は言葉の鎖で自縄自縛している

日本よ
人麻呂であり芭蕉であり賢治であるものよ
数々の詩歌を生んだお前を私は賛美するが
金銭を生み続けようとあがくお前を私は哀れむ
樹を崇め岩を祀り朝日に祈ったお前の魂は
いま認知症の迷路をさまよっているのか

（残念ながら以下略）

フレデリックは詩人のネズミ、レオ・レオーニの絵本の主人公だ。ホイットマンはもちろん十九世紀アメリカの詩人。世界と人間を大きく摑み取るその格調を真似てみたが、息が続かない。幸か不幸か掲載誌の行数制限に助けられた。

兵士の告白

殺スノナラ
名前ヲ知ッテカラ殺シタカッタ
殺スノナラ
一対一デ殺シタカッタ
殺スノナラ
機関銃ナンカデナク
素手デ殺シタカッタ
殺サレル者ヨリモ殺ス者ノ方ガ
何故コンナニ不幸ナノカ
ソノワケヲユックリト囁キナガラ
殺シタカッタ

殺スノナラアアセメテ
ナキナガラ殺シタカッタ

くり返す

くり返すことができる
あやまちをくり返すことができる
くり返すことができる
後悔をくり返すことができる
だがくり返すことはできない
人の命をくり返すことはできない

けれどくり返さねばならない
人の命は大事だとくり返さねばならない
命はくり返せないとくり返さねばならない

私たちはくり返すことができる
他人の死なら
私たちはくり返すことはできない
自分の死を

大小

小さな戦争やむをえぬ

大きな戦争防ぐため

小さな不自由やむをえぬ
大きな自由守るため

一人死ぬのはやむをえぬ
千人死ぬのを防ぐため

千人死ぬのもやむをえぬ
ひとつの国を守るため

大は小をかねるとさ
量は質をかねるとさ

死んだ男の残したものは

作曲　武満徹

死んだ男の残したものは
ひとりの妻とひとりの子ども
他には何も残さなかった
墓石ひとつ残さなかった

死んだ女の残したものは
しおれた花とひとりの子ども
他には何も残さなかった
着もの一枚残さなかった

死んだ子どもの残したものは

ねじれた脚と乾いた涙
他には何も残さなかった
思い出ひとつ残さなかった

死んだ兵士の残したものは
こわれた銃とゆがんだ地球
他には何も残せなかった
平和ひとつ残せなかった

死んだかれらの残したものは
生きてるわたし生きてるあなた
他には誰も残っていない
他には誰も残っていない

死んだ歴史の残したものは
輝く今日とまた来る明日《あした》
他には何も残っていない
他には何も残っていない

泣声

破壊された町のはずれで
泥まみれのあかんぼが泣き叫んでいる
その泣声はかぼそくかすれていて
あなたの耳まではとどかないのだが
父も母も失ったあかんぼの

裸の尻が触れているその大地は
いまあなたが立っている大地である
大地は瓦礫をのせ敵と味方をのせ
あらゆる都市の輝くネオンをのせ
あなたとあなたの愛する者たちをのせ
泣き叫ぶあかんぼをのせ
宇宙に浮かんでいる――
木もれ陽があかんぼの涙にきらめき
空はそこでも二千年前と同じに青い
なんというくり返しだろう
あなたは歴史のあらゆる死者の名のもとに
やっと今日の小さな幸福を許されている
やっとひとりの子の母となる

「死んだ男の残したものは」や「せんそうしない」は、見事な反戦詩です。他のどれを挙げてもいい。ここに紹介したものはすべて「戦争反対」というメッセージが読み取れます。

ですがそれは、口で直接「戦争反対」と言ったり書いたりすることとは違います。僕は戦争は嫌いですが、自分の演劇作品で直接、「戦争反対」と書いたことはありません。

直接「戦争反対」と言うよりも、「人はどうして戦争を選ぶのか」というメカニズムを明確にした方が、戦争という怪物にとって痛手を与えられると思っているからです。

そして、それが作家としての僕の仕事だと思っているのです。

日本はかつて戦争をしました。どうして戦争が起こったのか。軍部の暴走だとか戦争で金儲けをしたい人が計画したんだとか、やむにやまれなかったんだとか、いろいろと言われていますが、一番の理由は、国民の多くがそうしたかったからだと、僕は思っています。

『不死身の特攻兵　軍神はなぜ上官に反抗したか』（講談社現代新書）に書きましたが、日露戦争前後で、開戦を主張した各新聞は数万部から数十万部に売り上げを伸ばしました。戦争反対を唱えた新聞は、大幅に部数を減らし、最後まで反戦を訴え続けた新聞は廃刊に至りました。

「ロシア撃つべし」と勇ましい記事を書いた新聞が売れに売れたのです。つまり、大衆は戦争を求め、そういう記事を読みたがったのです。求められるものを売る、資本主義の原則です。

戦争をする理由は、「お金が欲しい」とか「人殺しやレイプは痛快だ」とか「領土は広い方がいい」なんてことではありません。そんな理由を掲げて戦争をする人達はいません。

どの国も、どの国民もちゃんと理屈を作ります。お互いの国が、立派な理屈を作って、これは「正義の戦争」で「国家の大義」があり「人民の解放」のためであり、「自由を守るため」に戦争をするのです。

あのヒットラーでさえ「自由を守るために」戦争をすると言ったのです。みんな、正義の旗の下に、やむを得ない理由で戦争を始めるのです。

「戦争反対」という言葉を、直接、声高に叫ぶ人達の多くは、戦争を止めようとする自分達は正義で、戦争を進めようとする人達は悪だと描写します。悪とは、戦争で金儲けする人だったり、戦争をしたがる軍人だったり、陶酔した独裁者です。

でも、僕はそう描写される人達も「正義の旗」を掲げていると思っています。

その旗に対して「それは間違った正義だ」と攻撃する人は、政治的立場が明確な人なのでしょう。僕はそういう活動や人達を否定しません。「戦争反対」と書かれたプラカードを掲げることはその人達の自由です。

でも、そういう人達の中には、僕の「お互いに正義がある」というようなことを言う人を「日和見《ひよりみ》主義」と断じて否定する人がいます。お前の言い方は、戦争を進めようとする奴らをエンパワー（強化）するのだと言うのです。そして「戦争反対」は、政治的立場ではなく、市民としての当り前のことだとも言うのです。

僕はもちろん戦争は嫌いです。戦争に反対しています。ただ、僕は作家で、政治家でも市民活動家でもありません。プラカードに「戦争反対」と書くことではない、戦争に対するメッセージの表現の仕方があると思っています。そして、それを作品の中に込めるのです。

その方が、「戦争反対」と直接書くより、はるかに深く、遠く、広く、メッセージを届けられると思っているのですが、それは作家の思い上がりだと言われたら、僕は反論しません。一番いい戦い方なんて誰にも分からないと思っているからです。

でも、僕は作家ですから、人間を冷静に観察します。そして、人間は戦争をしたがるし、他国民を抑圧して自分の立場を上げたがるし、楽して金儲けしたがると思っています。そんな人間に「戦争反対」を伝えるためには、とても高度で巧妙なやり方が求められると思っているのです。

でも、「戦争反対」と声高に叫ぶ人は、「お互いに正義がある」とつぶやく人達を許さないことが多いのです。

それは平和にとってとても不幸なことだと僕は思っています。それぞれがそれぞれのやり方で戦争という怪物に対して戦えばいいと思っています。他者の戦い方を否定することは、戦争を利することだろうと思っているのです。

『プロテストソング』という本の中で、谷川さんは、小室等さんの「戦争とか、社会的な出来事とかに対して、俊太郎さんは、なんか…あまりダイレクトに言葉で言うってことをしてこないっていう……」という発言に対して「やっぱり、言うんだったら、詩で言いたい」と答えています。

「なんで詩で言いたいかというと、言葉ってどうしても善悪、一瞬黒白の二手に分けるじゃないですか、で、いつでも発言っていうのは二手に分かれないところにいちばんのリアリティがあるわけだから、詩だとね、分けないで言えるところがあるんですよ」

と続け、さらに
「立場を鮮明にしなければいけない人から見れば、なんか、鵺《ぬえ》みたいなやつで、どっちつかずとなるんだけど、そのどっちつかずの、まぁ、いわゆる中道というのかな、それがいちばん大事だっていうのはハッキリ思ってますね」

「だから、その状況に応じてどっちかに行くってことはあるけれども、どっちかに、一種狂信的に行くってことは全然自分の気持ちとしてはないんですよね。だから誰かを信じるにしても、90％信じても、10％は疑ってというのをずっとやってきているつもりですね」

小室さんは、この発言を受けて「その中道を保つということの不安ってないですか?」と聞きます。

「ないですね。ただ、相当デリケートなものだから、自分なりにいろいろ考えてやっぱり中道っていうことになると思いますけど、あの〜基本的に何かについて発言するっていうことはだいたい避けているんですよね、政治的なものが絡んでいる場合、それで自分にできることがあれば、それはお金を出すことだと基本的に考えているから。だから震災があった場合でも、それを応援することを言語で言うとかは全部避けていて、カンパしますっていう風にね。(中略) お金ってけっこう曖昧だしね。そんなにはっきりした立場がなくても人の役に立つわけだから」

歳を重ねることが悲しくなったら

できたら

素顔で微笑んでほしい
できたら
愛に我を忘れて
その瞬間のあなたは
花のように自然で
音楽のように優雅で
そのくせどこかに
洗い立ての洗濯物の
日々の香りをかくしている

かけがえのない物語を生きてほしい

できたら
小説に騙されずに
母の胸と
父の膝の記憶を抱いて
涙で裏切りながら
涙に裏切られながら
鏡の中の未来の自分から
目をそらさずに

時を恐れないでほしい
できたら
からだの枯れるときは
魂の実るとき
時計では刻めない時間を生きて

目に見えぬものを信じて
情報の渦巻く海から
ひとしずくの知恵をすくい取り
猫のようにくつろいで

眠ってほしい　夢をはらむ夜を
目覚めてほしい　何度でも初めての朝に

読者は四十代の女性ですと言われて書いた。友人の娘たちが大体みな四十代になっていたから、書くのにあまり苦労はしなかったが、「できたら」という遠慮がちな言葉が自然に出てこなかったら、書けなかったかもしれない。

しぬまえにおじいさんのいったこと

わたしは　かじりかけのりんごをのこして
しんでゆく
いいのこすことは　なにもない
よいことは　つづくだろうし
わるいことは　なくならぬだろうから
わたしには　くちずさむうたがあったから
さびかかった　かなづちもあったから
いうことなしだ

わたしの　いちばんすきなひとに
つたえておくれ
わたしは　むかしあなたをすきになって
いまも　すきだと
あのよで　つむことのできる

いちばんきれいな　はなを
あなたに　ささげると

脚

朝のよちよちが昼にはすたすた
それがいつかよたよたになって
よろよろになって夜がくる
あっという間に
人生はたったの一日
夜の前の夕焼けを
楽しめないのは何故だろう

山なみも雲も林も花々も
昔と変わらずそこにあるのに
痛むカラダが立てない脚が
窓の向こうに世界を追いやる

だがカラダの脚が行けない所へ
ココロの脚なら行けるかも
孫悟空はだしで雲に乗り
三千世界も思うがまま
時空を超えてトリップすれば
甦る　あの初めてのよちよちの
宇宙に通じる恍惚が

ただ生きる

立てなくなってはじめて学ぶ
立つことの複雑さ
立つことの不思議
重力のむごさ優しさ

支えられてはじめて気づく
一歩の重み　一歩の喜び
支えてくれる手のぬくみ
独りではないと知る安らぎ

ただ立っていること

ふるさとの星の上に
ただ歩くこと　陽をあびて
ただ生きること　今日を

ひとつのいのちであること
人とともに　鳥やけものとともに
草木とともに　星々とともに
息深く　息長く

ただいのちであることの
そのありがたさに　へりくだる

「なっとく介護」というＮＨＫのテレビ番組の中で朗読した詩のひとつ。こういう詩は若いころには書けなかった。私自身は幸い健康に恵まれているが、友人知人で病に苦しんでいる人は多い。だが体は病んでいても、心は健やかという人もいる。

そして

夏になれば
また
蟬が鳴く

花火が
記憶の中で
フリーズしている

遠い国は
おぼろだが
宇宙は鼻の先

なんという恩寵
人は
死ぬる

そしてという
接続詞だけを
残して

木を植える

木を植える

それはつぐなうこと
私たちが根こそぎにしたものを

木を植える
それは夢見ること
子どもたちのすこやかな明日を

木を植える
それは祈ること
いのちに宿る太古からの精霊に

木を植える
それは歌うこと
花と実りをもたらす風とともに

木を植える
それは耳をすますこと
よみがえる自然の無言の教えに

木を植える
それは智恵それは力
生きとし生けるものをむすぶ

木が好きだ。木に憧れているとも言える。イオンの岡田卓也さんが、店に来た客に声をかけて植樹運動を始めたのは一九九一年のことだそうだが、植えた木の数がすでに国内外で七百四十万本余になるという。

私

自己紹介

私は背の低い禿頭《とくとう》の老人です
もう半世紀以上のあいだ
名詞や動詞や助詞や形容詞や疑問符など
言葉どもに揉《も》まれながら暮らしてきましたから
どちらかと言うと無言を好みます

私は工具類が嫌いではありません
また樹木が灌木《かんぼく》も含めて大好きですが
それらの名称を覚えるのは苦手です
私は過去の日付にあまり関心がなく

権威というものに反感をもっています

斜視で乱視で老眼です
家には仏壇も神棚もありませんが
室内に直結の巨大な郵便受けがあります
私にとって睡眠は快楽の一種です
夢は見ても目覚めたときには忘れています

ここに述べていることはすべて事実ですが
こうして言葉にしてしまうとどこか嘘《うそ》くさい
別居の子ども二人孫四人犬猫は飼っていません
夏はほとんどTシャツで過ごします
私の書く言葉には値段がつくことがあります

プッチーニが作曲したオペラ『マノン・レスコー』を見ていて唸《うな》ったシーンがありました。

冒頭、若く美しいマノン・レスコーが修道院に入るために登場します。それを青年騎士デ・グリューが見て、一目で恋に落ちます。同じく、中年男性の財務大臣ジェロンテもマノン・レスコーの美しさに惹かれます。

ジェロンテが強引にマノンを自分のものにしようとしますが、デ・グリューとマノンはパリに逃げます。

が、パリでの二人の生活は長くは続きませんでした。やがて、マノンはジェロンテの愛人となり、贅沢でも愛のない生活にうんざりします。そんななか、デ・グリューと再会します。そして、恋が再燃します。

二人の姿を目撃したジェロンテは怒り狂います。マノンを深く愛しているジェロンテは、青年デ・グリューと一緒にいるマノンに許さないと迫るのです。

その時、マノンは手鏡をジェロンテに突きつけて、「自分自身を見なさい」と言います。

僕が見たオペラでは、ジェロンテは五十代後半か六十代前半の少し初老の匂いのする男性が演じていました。

その男の前には、二十代の若きマノンと同じく二十代の輝く肉体を持つデ・グリューが立っている。そして、手鏡には、疲れた男性の顔が映っている。

マノンはジェロンテに「自分自身を見なさい」と迫るのです。

なんと残酷で見事な演出かと僕は唸りました。

あなたは私につりあうはずがない。私に相応《ふさわ》しいのはデ・グリューであって、醜い中年のあなたではない。あなたは私が恋に落ちる相手ではない。

それを手鏡ひとつ突きつけるだけで雄弁に語ったのです。

いえ、ジェロンテだけを見ていたら、初老の匂いも疲労も気付かなかったかもしれません。働き盛りの精力的な中年に見えた可能性もあります。でも、二十代の輝く二人の前に立てば、その違いはくっきりと際立つのです。

手鏡に映る自分の顔を見たジェロンテは、マノンを本当に愛しているからこそ、怒りと悲しみに錯乱するのです。

大学生の頃、早稲田駅で地下鉄に乗り、みんなでわいわいと騒いでいると、よく酔っぱらった中年のサラリーマンから「お前たち、早稲田か？」と聞かれました。そうですとうなづくと、中年サラリーマンは嬉しそうに「俺もだ」と語り、そして早稲田大学校歌を歌い出しました。僕達は困ったなあと内心思いながら、しかし、相手は酔っぱらってるしなあと、なんとなくつきあいました。

サラリーマンと同じ歳になった今なら、彼らの気持ちが分かります。彼らは、懐かしいというより、いまだ学生の意識をひきずっていたのです。学生という意識が途切れないまま続いていたと言ってもいいです。

学生の僕達から見たら中年サラリーマンですが、彼らの自己イメージというか自己像は学生だったんだと思います。

女の人に比べて、男はそんなに丁寧に鏡を見ません。毎日、なんとなく歯を磨くときに鏡を見ても、しみじみと自分の顔の変化を心に刻みつける人は少数だと思います。

変化していても、「毎日、しかめっつらだけになったら」の章で書いたように、鏡を見る時は10％から20％ぐらい割り増ししてますから、加齢と共に変化していく自分の顔を自己像として持つことは少ないのです。

女の人は、ちゃんと鏡を見るからこそ、リアルな自己像を持つことが難しいとも言えます。歳と共に変化していく自分の顔をちゃんと冷静に自己イメージとして捉えていく人は少ないでしょう。見ていても見ないというか、受け入れなくなっていく人も多いと思います。

名作映画『サンセット大通り』は、衰えていく自分を見つめられなくなり、幻想の中に生きることを選んだ女優の話でした。

男も女も、自分が一番良かった時のイメージを自分の顔として意識しがちなのです。「お前達、早稲田か？」と上機嫌で話しかけてくる中年サラリーマンに、いきなり手鏡を突きつけて「自分自身を見ろ」と言う人はいないでしょう。でも、マノン・レスコーは、自分を愛するがゆえに嫉妬に狂う中年男性に突きつけたのです。

このことがどれだけ残酷かは、歳を取らないと分からないと思います。二十代でこの文章を読むか、四十代で読むか、六十代で読むかでも、まったく印象は違うでしょう。

僕の司会するテレビ番組のゲストに谷川さんが出演して下さった時、「どうして谷川さんは、小学生の気持ちが簡単に分かるんですか?」とお聞きしました。小学生が主人公の詩がたくさんあって、それがどれも違和感なく素敵だったからです。

谷川さんは、不思議そうな顔をして「だって、年齢って年輪みたいなものでしょう。いつでも、どの歳にも戻れるでしょう」とお答えになりました。

一直線に進んで行って戻れないものが年齢ではなく、木の年輪のようにひとつひとつ重ねていくものだと言うのです。辿《たど》ろうと思ったら、いつでも、年輪の中心部、子ども時代に戻ることができる。

僕はなるほどと思いました。

学生気分が抜けないままの中年サラリーマンは、学生時代の年輪に簡単にたどり着けるのだと思います。だったら、子ども時代にもその気になったらいけるんじゃないかと思います。

「脚」の

「だがカラダの脚が行けない所へ

ココロの脚なら行けるかも」
「時空を超えてトリップすれば
甦る　あの初めてのよちよちの
宇宙に通じる恍惚が」

というのは、年輪を自在に旅することなんじゃないかと思います。

どんなに嘆《なげ》いても歳を取ることが止められないのなら、鏡から目をそむけず、けれど、嘆かず、年輪をいろいろとたどる旅を楽しめばいいんじゃないかと谷川さんは言っているように感じます。

「できたら」を何度も読んで、そう思うのです。

ことばと仲良くなりたいなら

もし言葉が

黙っていた方がいいのだ
もし言葉が
一つの小石の沈黙を
忘れている位なら
その沈黙の
友情と敵意とを
慣れた舌で
ごたまぜにする位なら
黙っていた方がいいのだ
一つの言葉の中に

戦いを見ぬ位なら
祭とそして
死を聞かぬ位なら

黙っていた方がいいのだ
もし言葉が
言葉を超えたものに
自らを捧げぬ位なら
常により深い静けさのために
歌おうとせぬ位なら

牧歌

陽のために
空のために
私は牧歌をうたいたい
人のために
土のために
私は牧歌をうたいたい
真昼のために
深夜のために
私は牧歌をうたいたい

名も知らぬ若木の下に立ちどまって

虻《あぶ》の羽音に耳をすまし
陽のささぬ露地の奥で
子供の立小便をみつめていたい

うたうため　うたうため
私はいつも黙っていたい
私は詩人でなくなりたい
私は世界に餓えているから

虻のように蝶のように
私は私の羽根でうたいたい
垢だらけの子供のように
私は私の小便でうたいたい

いつの日か
すべてを忘れるための牧歌を
私は私の死でうたいたい
丁度今日
すべてを憶えているために
私が本当は黙っているように

けんかならこい

作曲　服部公一

けんかならこい　はだかでこい
はだかでくるのが　こわいなら
てんぷらなべを　かぶってこい

ちんぽこじゃまなら　にぎってこい

けんかならこい　ひとりでこい
ひとりでくるのが　こわいなら
よめさんさんにん　つれてこい
のどがかわけば　さけのんでこい

けんかならこい　はしってこい
はしってくるのが　こわいなら
おんぼろろけっと　のってこい
きょうがだめなら　おとといこい

ことば

問われて答えたのではなかった
そのことばは涙のように
私からこぼれた

辞書から択んだのではなかった
そのことばは笑いのように
私からはじけた

知らせるためではなかった
呼ぶためではなかった
歌うためでもなかった

ほんとうにこの私だったろうか
それをあなたに云ったのは
あの秋の道で
思いがけなく　ただ一度
もうとりかえすすべもなく

木

1

木がそこに立っていることができるのは
木が木であってしかも

何であるかよく分らないためだ

2

木を木と呼ばないと
私は木すら書けない
木を木と呼んでしまうと
私は木しか書けない

3

でも木は
いつも木という言葉以上のものだ
或る朝私がほんとうに木に触れたことは
永遠の謎なのだ

4

木を見ると
木はその梢で私に空をさし示す
木を見ると
木はその落葉で私に大地を教える
木を見ると
木から世界がほぐれてくる

5

木は伐られる
木は削られる
木は刻まれる
木は塗られる
人間の手が触れれば触れるほど

木はかたくなに木になってゆく

6

人々はいくつものちがった名を木に与え
それなのに
木はひとつも言葉をもっていない
けれど木が微風にさやぐ時
国々で
人々はただひとつの音に耳をすます
ただひとつの世界に耳をすます

いるか

いるかいるか
いないかいるか
いないいないいるか
いつならいるか
よるならいるか
またきてみるか

いるかいないか
いないかいるか
いるいるいるか
いっぱいいるか
ねているいるか
ゆめみているか

わたし

わたしはわたす
あなたをわたす
あなたへわたす
わたしもり

あなたはあなた
あだしのあたり
わたしはわたし
わたしもり

たね

ねたね
うたたね
ゆめみたね
ひだね
きえたね
しゃくのたね

またね
あしたね
つきよだね
なたね

まいたね
めがでたね

分からない

ココロは自分が分からない
悲しい嬉《うれ》しい腹が立つ
そんなコトバで割り切れるなら
なんの苦労もないのだが

ココロはひそかに思っている
コトバにできないグチャグチャに

コトバが追いつけないハチャメチャに
ほんとのおれがかくれている

おれは黒でも白でもない
光と影が動きやまない灰の諧調《かいちょう》
凪《なぎ》と嵐を繰り返す大波小波だ
決まり文句に殺されたくない！

だがコトバの檻《おり》から逃げ出して
心静かに瞑想《めいそう》してると
ココロはいつか迷走している（笑）

優れた小説や演劇、映画、テレビドラマを見ると、「そうそう、そういうことが言いたかったの！」とハッとすることがあります。自分の心の中に確実にあって、でも言葉にならずもやもやとしていたものが、突然、物語の登場人物の口から語られる発見と衝撃と快感。

そうだ、私はそういうことを言いたかったんだ。そうか、私の思いは言葉にするとそういうことなのか。私のこの胸のもやもやはそういうことなんだ。私は知ってしまった。私が本当に言いたいことを。本当に考えていることを。本当に感じていることを。

優れた作品に接したいと願うのは、この瞬間に接したいという理由も強いでしょう。

そして、本当に優れた作品になると、言葉になってないのに、はっきりとした言葉が伝わるのです。言葉に溢れた沈黙を経験するのです。

「言葉はいつも思いに足りない」というセリフを書いたことがあります。

本当に人を好きになったり、本当に人に理解してもらいたかったり、本当に人に伝えたかったり、本当に人に考え直して欲しかったり、本当に人を慰めたいと思った時に、言葉って全然足らないなあ、もどかしいなあと思ったことが理由です。

僕が書く芝居では、登場人物はたくさんの言葉を話します。おそらく、他の劇作家さん達よりはるかに多いです。

上演時間2時間の芝居の場合、通常の台本は400字詰め原稿用紙計算で、150枚から180枚ぐらいです。

僕は230枚ぐらい書きます。他の作家さんの平均を知った時は驚きました。と言って、僕の芝居はすべて2時間以内におさまります。が、僕の芝居を他の団体がそのまま上演すると、2時間半から3時間、かかります。

でも、芝居においては2時間以内におさめることはとても重要なことだと僕は思っています。観客が休憩なしで耐えられる生理的な限界だと思っているのです。2時間を休憩なしで越すと、どんなに面白い芝居もオーバーした分、感激は逓減《ていげん》すると思っているのです。

ですから、僕の芝居を上演しようとする人達から公演が成功するコツを聞かれると、

「カットしてもいいですから、2時間にした方がいいと思いますよ」とアドバイスします。

つまりは、僕が演出する僕の芝居は、登場人物がかなりの速度で話しているのです。「日常ではありえない速度」と、劇評に一度書かれて、「いや、俺は毎日、この速度で話しているぞ」と憤慨《ふんがい》したことがあります。

僕は早口です。僕の書く登場人物も早口です。演出家の僕は、そう演出します。それは、言いたいことがたくさんあるからではありません。

たくさん言葉を使うことで、初めて、言葉にならないものが浮かび上がると思っているのです。

僕は沈黙が多い芝居が苦手です。間がたっぷりとあって、みんながゆっくりと話し、行間に溢れる余韻が漂う芝居が好きではありません。

芝居を見に行って、明かりがゆっくりとついて、登場人物がしばらく何も言わず、一分以上たってやっと話し始める、なんてオープニングだと、いきなり帰りたくなります。

沈黙すること、間を空けることを、とても前向きに考えているんだなあと思います。何も描かないことで、観客はどんどんイマジネーションを膨らませてくれると信じているんだなと、そういう芝居を見ると思います。

それはまるで、小説をめくっていると突然、白紙のページが出てくることと同じじゃないかと、僕なんかは大胆に思います。

何も書かないことで読者はますます想像力を膨らませてくれていると信じているんだなあと思うのです。


小学校の時から早口でたくさんしゃべっていました。ある時、僕との口げんかに負けた女の子が「そうやって何でもかんでもしゃべってどーすんの!? ぜんぶ、説明できるとでも思ってんの!?」と叫びました。

その時は、「おだまりんこ!」と返しましたが、夜、ベッドに寝っ転がってよく考えると、「全部、説明できないと思うから、いっぱいしゃべるんだ」と気付きました。

しゃべればしゃべるほど、もどかしい。しゃべればしゃべるほど、言葉の無力さを感じる。しゃべればしゃべるほど、こんなことを言いたいんじゃないと感じる。

でも、黙っていたら、もっともどかしい。もっと無力だ。もっと自分の考えと違ってくる。

だから、小学生の僕はこれからも話そうと決めました。言葉と仲良くなって、言葉をたくさん使えるようになることで、言葉の限界とか言葉の無力さとか言葉の不十分さを知ることになると。

だから、安易に沈黙を選ばないようにしようと思いました。ぎりぎりまでいろんなことを言葉にして、「そういうことを言いたかった」とか「私のモヤモヤはそういうことだった」「私の思いが言葉になってる」と思えたり、言われたりするようになろうと決めました。いえ、こんなにはっきりと言葉にしたのは、中学3年生の時でしたが。

そして、たくさんの言葉の後に沈黙を迎えようと決めました。

本当の沈黙は、言葉の洪水の後にやって来る。それまでは、言葉に溺《おぼ》れ、言葉を愛し、言葉と仲良くなり、言葉にのたうち回りたいとずっと願っているのです。

おっぱいが好きなら

せっかちなて　ためらうて
ものなれたて　おさないて
どんなてにもちぶさはやさしい

めでさわる　ゆびでさわる
くちびるでさわる　したでさわる
あかんぼが　そしておとなも

ありふれていて　しかも
かけがえのないもの
ひとりのおんなのからだ

かたちやおおきさをきそうのはおろかだ
ちぶさをくらべることはできない
すべてのちぶさはそれぞれにかけがえがない

ちぶさはつぐなう
ちぶさはいやす
ことばのおよばぬところで

どうしてこんなにおっぱいが好きなんでしょう。母親のおっぱいが好きで、恋人のおっぱいが好きで、恋人じゃない人のおっぱいも好きで、よく知らない人のおっぱいも好きで、よく分からないおっぱいも好きで、とにかく好きです。

姿も形も弾力も匂いも浮きでる血管も微かな産毛《うぶげ》も好きです。

おっきいのもちっさいのも手の平にちょうどいいのも手の平にあまるのも手の平で探すのも、どんなおっぱいでも好きです。

こんなにも無条件に好きなものはちょっとないと思います。おっぱいに関してはもう言うことはありません。とにかく好きなんです。

でもしわしわになったおっぱいはどうだろうと思います。おばあさんのおっぱい。たくさんの子どもを育てたおっぱい。苦労したおっぱい。たくましいおっぱい。生活に疲れたおっぱい。重力に負けたおっぱい。時間と戦うおっぱい。

初めは見慣れてないから驚いても、やがて、愛しくなるんじゃないかと思います。

おっぱいに刻まれた生活や時間や歴史や家族を感じれば感じるほど、大切なおっぱいになるんじゃないかと思うのです。だって、おっぱいですから。おっぱいなんですから。

生きるパワーが欲しくなったら

生まれたよ　ぼく

生まれたよ　ぼく
やっとここにやってきた
まだ眼は開いてないけど
まだ耳も聞こえないけど
ぼくは知ってる
ここがどんなにすばらしいところか

だから邪魔しないでください
ぼくが笑うのを　ぼくが泣くのを
ぼくが誰かを好きになるのを
ぼくが幸せになるのを

いつかぼくが
ここから出て行くときのために
いまからぼくは遺言する
山はいつまでも高くそびえていてほしい
海はいつまでも深くたたえていてほしい
空はいつまでも青く澄んでいてほしい
そして人はここにやってきた日のことを
忘れずにいてほしい

しあわせ

わたしはたっています
おひさまがおでこに
くちづけしてくれます
かぜがくびすじを
くすぐってくれます
だれかじっと
みつめてくれます
わたしはたっています
きのうがももを
つねってくれます
あしたがわたしを

さらっていこうとします
わたしはしあわせです

ありがとう

空　ありがとう
今日も私の上にいてくれて
曇っていても分かるよ
宇宙へと青くひろがっているのが

花　ありがとう
今日も咲いていてくれて

明日は散ってしまうかもしれない
でも匂いも色ももう私の一部

お母さん　ありがとう
私を生んでくれて
口に出すのは照れくさいから
一度っきりしか言わないけれど

でも誰だろう　何だろう
私に私をくれたのは？
限りない世界に向かって私は呟く
私　ありがとう

おべんとうの歌

魔法壜のお茶が
ちっともさめていないことに
何度でも感激するのだ
白いごはんの中から
梅干が顔を出す瞬間に
いつもスリルを覚えるのだ
ゆで卵のからが
きれいにくるりとむけると
手柄でもたてた気になるのだ
(大切な薬みたいに
包んである塩)

キャラメルなどというものを
口に含むのを許されるのは
いい年をした大人にとって
こんな時だけ
奇蹟の時
おべんとうの時
空が青いということに
突然馬鹿か天才のように
夢中になってしまうのだ
小鳥の声が聞えるといって
オペラの幕が開くみたいに
しーんとするのだ
そしてびっくりする
自分がどんな小さなものに

幸せを感じているかを知って
そして少し腹を立てる
あんまり簡単に
幸せになった自分に
——あそこでは
そうあの廃坑になった町では
おべんとうのある子は
おべんとうを食べていた
そして
おべんとうのない子は
風の強い校庭で
黙ってぶらんこにのっていた
その短い記事と写真を
何故こんなにはっきり

記憶しているのだろう
どうすることもできぬ
くやしさが
泉のように湧きあがる
どうやってわかちあうのか
幸せを
どうやってわかちあうのか
不幸を
手の中の一個のおむすびは
地球のように
重い

ぼく

ぼくはこどもじゃない
ぼくはぼくだ
ぼくはおとなじゃない
ぼくはぼくだ
ぼくはきみじゃない
ぼくはぼくだ
だれがきめたのかしらないが
ぼくはうまれたときからぼくだ
だからこれからも
ぼくはぼくをやっていく
ぼくはぜったいにぼくだから

なんにでもなれる
エイリアンにだってなれる

渇き

水に渇いているだけではないのです
思想に渇いているのです
思想に渇いているだけではないのです
愛に渇いているのです
愛に渇いているだけではないのです

神に渇いているのです
神に渇いているだけではないのです
何に渇いているのか分らないのです
〈水ヲ下サイ　水ヲ……〉
あの日からずっと渇きつづけているのです

生きる

生きているということ
いま生きているということ
それはのどがかわくということ

木もれ陽がまぶしいということ
ふっと或るメロディを思い出すということ
くしゃみすること
あなたと手をつなぐこと
生きているということ
いま生きているということ
それはミニスカート
それはプラネタリウム
それはヨハン・シュトラウス
それはピカソ
それはアルプス
すべての美しいものに出会うということ
そして
かくされた悪を注意深くこばむこと

生きているということ
いま生きているということ
泣けるということ
笑えるということ
怒れるということ
自由ということ

生きているということ
いま生きているということ
いま遠くで犬が吠えるということ
いま地球が廻っているということ
いまどこかで産声があがるということ
いまどこかで兵士が傷つくということ

いまぶらんこがゆれているということ
いまいまが過ぎてゆくこと

生きているということ
いま生きているということ
鳥ははばたくということ
海はとどろくということ
かたつむりははうということ
人は愛するということ
あなたの手のぬくみ
いのちということ

26

ささやかなひとつの道を歩き続けると
やがて挨拶の出来る親しいものが増えてゆく
小さな歌をうたっていると
うたっている間の幸せが私のものだ

生きていると
死だけがまことの不幸せの名に価する
傷つくことさえ若い私にむしろ快い
痛みが私の生を証しする時に
私にとってかけがえのない一日一日

それらがいつまでも目覚めているといい
ひそやかな　だが確かなひろがりで

やがて私の死の時に
それらの日日こそが私の墓なのだ
私の信ずることの出来た重さのままに

鳥羽　1

何ひとつ書く事はない
私の肉体は陽にさらされている
私の妻は美しい

私の子供たちは健康だ

本当の事を云おうか
詩人のふりはしてるが
私は詩人ではない

私は造られそしてここに放置されている
岩の間にほら太陽があんなに落ちて
海はかえって昏い

この白昼の静寂のほかに
君に告げたい事はない
たとえ君がその国で血を流していようと
ああこの不変の眩しさ！

しんでくれた

うし
しんでくれた　ぼくのために
そいではんばーぐになった
ありがとう　うし

ほんとはね
ぶたもしんでくれてる
にわとりも　それから
いわしやさんまやさけやあさりや
いっぱいしんでくれてる

ぼくはしんでやれない
だれもぼくをたべないから
それに　もししんだら
おかあさんがなく
おとうさんがなく
おばあちゃんも　いもうとも

だからぼくはいきる
うしのぶん　ぶたのぶん
しんでくれたいきもののぶん
ぜんぶ

演出家を35年ぐらいやっていると、俳優の生命力に敏感になります。上手いとか下手とは関係ない、生物が本来持っている生きるエネルギーのことです。

「あの人は影が薄い」とか「いるのかいないのか分からない」なんてのは、生命力が少ない人を描写する言葉です。

「あの人は殺しても死にそうにない」とか「オーラを感じる」とか「業《ごう》が深そうだ」なんてのは、生命力が強そうな人を語る言葉です。

ものすごくおしゃべりで、自己主張するのに影の薄い人はいます。生命力とおしゃべりは関係がないのです。

無口でほとんど人前に出ないのに、つい目が行って見てしまう人がいます。話さないことと生命力の無さは関係ないのです。

生命力という器が人間にはあって、その大きさが一人一人違うのかもしれないと思います。

生命力が強く、活発に動き、輝く笑顔を見せる人につい目が行きます。俳優はもちろんですが、日常生活で出会う人もそうです。

ただし、生命力が強い人が落ち込むと、ブラックホールのように周りのエネルギーも吸い取ります。大きな器がカラッポになるのでエネルギーを求めて、周りに影響を与えるのだと思います。

ですから、生命力が強いというのは、いいことだけではありません。落ち込むと周りはうっとうしくなって避けますし、そもそも、生命力の強さに本人が振り回されることも多いです。

それが「業が深い」という言い方になるのでしょう。ちょっとした喜びに満足できず、少しの進歩に納得がいかず、小さな愛情では物足りなく感じ、控えめな表現では届かないと焦《あせ》る。昔、「業の深い」女性と交際したことがありましたが、本当に大変でした。

そういう人は、夜中、思わず寝言で叫んだりもします。なにもしないで家に何日もいるとイライラも募《つの》ります。生命力が強いのも、考えものなのです。

生命力が弱い人は、そういう意味では楽です。

影の薄い人が落ち込んでも、あまり周りは影響されません。生命力の器《うつわ》が小さいので、求めるエネルギーも少ないのだと思います。

落ち込んでいても落ち込んでなくても、なんとなくはつきあえます。生命力が弱い人とだけつきあっていれば、問題はないと思います。人間はそういうものだと納得するのです。

でも、なにかの間違いで生命力の強い人を見たり、会ったり、交際したりしたら問題はやっかいになります。生命力の弱い人では、どうにも物足りなくなるのです。

でも、生命力が強い人を求め続けることは生命力が弱い人には難しいので、結局は、収まるところに収まるかもしれません。

生命力が弱いということは、それだけでプラスでもマイナスでもないのです。

「生命力の器」を大きくできるかどうかは、僕には分かりません。何年もかけて、少しずつ大きくできるような気もしますし、大きい人は生まれた時から大きくて、それに対抗するのは大変だとも思います。

ただ、大きくても小さくても、それぞれの器にエネルギーを充填《じゅうてん》することの大切さは、はっきりと分かります。

器の大きい人はカラッポになっていくと混乱したり焦ったり荒れますし、小さい人はカラッポになっていくと病気になったり無気力になったり枯れたりします。

器にエネルギーを充填する方法は山ほどあります。

休暇を取り南の島でエネルギーを満たす方法や、美味しいものを食べる方法、とにかく寝て満たす方法。友達とわいわいと話す方法、愛する人と同じ時間を過ごす方法。大好きな映画や小説、演劇を見る方法、音楽を聴く方法。温泉に行く方法。自分の趣味に没頭《ぼっとう》する方法。

まだまだありますね。

効果的な方法だと、カラッポだった生命力の器に、徐々にエネルギーが満ちていくことを実感するでしょう。

自然の中にある露天風呂に入り、満天の星空を見ながらゆっくりとくつろいでいると、自分の身体が充電体で徐々にエネルギーがチャージされていく実感を持つことがあります。

具体的に体に力が満ちてくるのです。

素敵な芝居の後は、観客席はエネルギーに満ちあふれます。芝居が始まる前とはまったく違った雰囲気です。

名作ミュージカルなんかの場合が分かりやすいでしょう。開演前、客席に座っていた疲れた中年男女は、終わった後、別人のように生き生きします。

女性の肌は急にツヤツヤしてるし、男性は髪の毛が増えたように見えます。

若い女性観客だと急に何人もの生理が始まることがあります。嘘ではありません。若い女性が集団で登場人物に恋をすると、生物としての共鳴作用が起こるのです。

集団が一気にエネルギーを出すので、一人で小説を読む場合より簡単に起こりやすく、エネルギーが増幅されるので大きくなりやすく、長時間続きやすくなります。

最たる例はライブコンサートでしょうか。熱狂しているオーディエンスは、エネルギーをフルチャージしているのです。

人が芸術や芸能を求めるのは、生きるエネルギーを求めるからだと思います。

テレビを見ていたら、谷川さんが「生きる」を朗読していました。女子高生が手を挙げて、「どうして、ミニスカートなんですか？」と聞きました。

「今、生きているということ」にどうして、ミニスカートが出てくるのかと、本気で質問していました。

谷川さんは少し恥ずかしそうに、自分達の世代では、ミニスカートの登場は衝撃的で、それは生きることの謳歌《おうか》に感じたんだと説明しました。

女子高生は笑いながらうなづいていました。

テレビを見ながら、谷川さんの世代じゃなくても、ミニスカートが登場した時代を知らなくても、いまだに、僕にとってミニスカートは生きる力のひとつなのになあと思っていました。

生命力を充填するためには、生命力に溢れたものに接するという方法もあります。ミニスカートは間違いなくそのひとつです。

若い人がはくミニスカートは動物としての生命力を発散していますが、ミニスカートは年齢は関係ないと思っています。

どんな歳の人でも、おしゃれや勝負やセンスや気合ではくミニスカートは、生命力を発散します。若い人の場合は動物としての本能的な生命力ですが、ある年齢以上は、意志としての生命力です。それは、例えば、70歳台のとびきりおしゃれな人を見た時の感動に近いです。

自分がいいと思うものを自分で着る決意。もう歳だからと言う世間に負けない気力。自分のことを長年見続けて似合うものを知っている感覚。それらのすべてのエネルギーに感動するのです。

そして、詩の言葉で自分の「生命力の器」にエネルギーを充填させるのは、とても効率がいい有効な方法です。

長編を一冊読む時間の何十分、何百分の一の時間で、小説がくれるのと同じか、場合によってはそれ以上のエネルギーを満たすことができるのです。

わざわざ南の島に行かなくても、ライブのチケットを取らなくても、温泉を予約しなくても、高いお金を美味しい料理に払わなくても、詩は手軽に素早くエネルギーを充填できるのです。

なんて素敵なことなんでしょう。

詩が好きになったら

詩の擁護又は何故小説はつまらないか

「詩は何もしないことで忙しいのです」ビリー・コリンズ（小泉純一訳）

初雪の朝のようなメモ帳の白い画面を
ＭＳ明朝の足跡で蹴散らしていくのは私じゃない
そんなのは小説のやること
詩しか書けなくてほんとによかった

小説は真剣に悩んでいるらしい
女に買ったばかりの無印のバッグをもたせようか
それとも母の遺品のグッチのバッグをもたせようか
そこから際限のない物語が始まるんだ
こんぐらかった抑圧と愛と憎しみの
やれやれ

詩はときに我を忘れてふんわり空に浮かぶ
小説はそんな詩を薄情者め世間知らずめと罵る
のも分からないではないけれど

小説は人間を何百頁《ページ》もの言葉の檻《おり》に閉じこめた上で
抜け穴を掘らせようとする
だが首尾よく掘り抜いたその先がどこかと言えば
子どものころ住んでた路地の奥さ
そこにのほほんと詩が立ってるってわけ
柿の木なんぞといっしょに
ごめんね

人間の業を描くのが小説の仕事

人間に野放図な喜びをもたらすのが詩の仕事

小説の歩く道は曲がりくねって世間に通じ
詩がスキップする道は真っ直《す》ぐ地平を越えて行く
どっちも飢えた子どもを腹いっぱいにはしてやれないが
少なくとも詩は世界を怨《うら》んじゃいない
そよ風の幸せが腑に落ちているから
言葉を失ってもこわくない

小説が魂の出口を探して業を煮やしてる間に
宇宙も古靴も区別しない呆けた声で歌いながら
祖霊に口伝された調べに乗って詩は晴れ晴れとワープする
人類が亡《ほろ》びないですむアサッテの方角へ

ミライノコドモ

あとがき

ここ数年、気楽に詩が書けるようになっている。気が向くと発表のあてもないのにマックに向かっている。〈未発表〉とあるのはそうしてできた作で、締め切りがないから飽きるまで推敲を重ねられるのが楽しい。

だが気楽に書けるということに疑問も湧く。詩の批評の基準とも言うべきものが見え難くなっていて、好き嫌いで判断するしかないのではないかと思うからだ。実は私自身は詩を美味しい不味いで判断していいと、かねてから考えているのだが。

詩が好きな人は日本語のグルメだ。添加物の多い言葉は舌を鈍感にしてしまう。詩はとれたての新鮮な言葉をいのちとしているから、メディアに氾濫する言葉からのデトックスとして役立つかと思う。

二〇一三年五月　谷川俊太郎

理想的な詩の初歩的な説明

世間からは詩人と呼ばれているけれども
ふだんぼくは全く詩というものから遠ざかっている
飯を食ったり新聞を読んだり人と馬鹿話をしている時に限らない
詩のことを考えている時でさえそうなのだ

詩はなんというか夜の稲光り《いなびかり》にでもたとえるしかなくて
そのほんの一瞬ぼくは見て聞いて嗅ぐ
意識のほころびを通してその向こうにひろがる世界を

それは無意識とちがって明るく輝いている
夢ともちがってどんな解釈も受けつけない

言葉で書くしかないものだが詩は言葉そのものではない
それを言葉にしようとするのはさもしいと思うことがある
そんな時ぼくは黙って詩をやり過ごす
すると今度はなんだか損したような気がしてくる

詩の稲光りに照らされた世界ではすべてがその所を得ているから
ぼくはすっかりくつろいでしまう（おそらく千分の一秒ほどの間）
自分がもの言わぬ一輪の野花にでもなったかのよう……

だがこう書いた時
もちろんぼくは詩とははるかに距《へだ》たった所にいる

詩人なんて呼ばれて

問いに答えて

悲しいときに悲しい詩は書けません
涙こらえるだけで精一杯
楽しいときに楽しい詩は書きません
他のことして遊んでいます

詩を書くときの心はおだやか
人里離れた山間《やまあい》のみずうみのよう
喜怒哀楽を湖底にしずめて
静かな波紋をひろげています

〈美〉にひそむ〈真善〉信じて

遠慮がちに言葉を置きます
あなたが読んでくだされば
心が活字の群れを〈詩〉に変える

詩を贈ることについて

誰にもあげることはできないのだ
詩はネクタイとはちがって
私有するわけにはいかないから
書かれた瞬間から言葉は私のものでも
あなたのものでもなく万人のもの
どんなに美しい献辞を置いても

どんなに個人的な思い出を連ねても
詩を人目からかくすことはできないだろう
当の詩人のものですらないのだから
詩は誰のものでもありうる
世界が誰の所有でもないのに
すべての人のものであるのと同じように
詩は微風となって人々の間をめぐる
稲妻となって真実の顔を一瞬照らし出す
アクロスティックの技巧をこらして
愛する者の名をひそかに隠してみても
詩人の望みはいつも意味の彼方へとさまよい
おのが詩集にさえ詩を閉じこめまいとする
詩を贈ろうとすることは
空気を贈ろうとするのに似ている

もしそうならその空気は恋人の唇の間から
音もなくこぼれおちたものであってほしい
まだ言葉ではなくすでに言葉ではない
そんな魂の交感にこそ私たちは
焦がれつづけているのだから
こんなふうに言葉に言葉を重ねながら

新しい詩

ぼくの新しい詩が読みたいんだって?
ありがとう
でも新しい詩ならいつだって

きみのまわりに漂ってるよ
きみは言葉を探しすぎてる
言葉じゃなくたっていいじゃないか
目に見えなくたって
耳に聞こえなくたっていいじゃないか

歩くのをやめて
考えるのをやめて
ほんのしばらくじっとしてると

雲間の光がきみを射抜く
人の気持ちがきみを突き刺す
オーロラの色がきみに感染する

きみは毎朝毎晩死んでいいんだ
新しい詩をみつけるために
むしろ新しい詩にみつけてもらうために

お茶

ぼくは沢山書き過ぎてる
詩と呼ばれたいと思っているものを
あるいは到底詩とは呼んでもらえないものを
だからきみに選んでほしい
ほんとに好きなのをひとつだけ

それが詩であろうがなかろうが

そしてきみが沈黙してくれるといい
ぼくのそのあろうがなかろうがを読んだあと
腰を落としてぺたんと畳に座りこんで
少なくとも十五分はぼんやりしててくれるといい
もがいている株式市場は忘れて
もうもがかなくなった死体も忘れて

ぼくがこうして女と向かいあって
あれこれ世間話をしながら
とめどなくお茶をお代わりしてる間に

昔、詩の雑誌から詩をひとつ書いて下さいという依頼を受けました。ドキドキしながら書いて、雑誌に載りました。

しばらくして知人から「鴻上さん、あの詩は本気？」と聞かれました。その顔は少し笑っていました。高校の文芸部の同人誌に載るような詩だと相手は言いたいのだと思いました。

そして、僕も「うん。そんな詩だよなあ」と心の中で納得しました。

話は突然変わるのですが、歌は上手いか下手かは、最初の一声で分かります。歌い出した瞬間、「あ、上手い！」と思うか「う、残念……」とか「普通」と思うかは、一瞬で決まります。

感動の鳥肌が立つかどうかも、一瞬で決まります。最初の歌声を聞いた瞬間に、すべては決まるのです。しばらく聞いていて、徐々に鳥肌が立ってくる、というのはあまり経験がありません。最初に感じなければ、サビでどんなに歌い上げられても、感じないのです。

が、俳優は一声では上手いか下手かは分かりません。僕は35年以上演出家をやっていますが、最初の一声ではまったく分かりません。それどころか、2時間の芝居を丸々見ても、その人が上手いのか下手なのか断言できません。

そんなバカなと思うかもしれませんが、例えば、ものすごく神経質な役を見事に演じた人がじつは本当に神経質なだけだったということがあるのです。

その場合、「なんて繊細で神経質な演技なんだろう。すごい！」と、とても上手い俳優に見えますが、他の役をやる時に、例えば温厚な役も神経質が丸出しになります。そういう演技を見たら、「この役は温かくてノンキでなくてはいけないのに、なんて下手な俳優なんだろう」と思うのです。

一声で判断できる歌手という職業は、才能というものと密接に関係があるのだろうと僕は思っています。誤解される言い方ですが、歌手は歌手に生まれるということです。

ですが俳優は、才能はもちろん必要ですが、歌手ほど残酷に才能のあるなしを突きつけられる職業ではないのです。

最初、サイテーとかド下手だと思っていた俳優が、2時間の芝居や映画を見続けるうちに、または連続ドラマを毎回見ているうちに、だんだんと好きになるとか上手いという評価に変わるということは普通にあります。

でも、最初の一声がサイテーと思った歌手を、何曲も聞いているうちに好きになったとか評価が逆転したという例は俳優に比べて少ないんじゃないでしょうか。

詩は歌手に似ていると思っているのです。才能を突きつけられるジャンルで、詩人に生まれた人が詩を書くのだと思っているのです。

小説や戯曲は、俳優に似ています。最初、「うん？　どうかな？」と思っていても、ある程度の長さの中でなんとかなるものです。

または、名作だと感じてもそれは作者個人の人生を描いた自叙伝で、一回限りの人生が面白くて、つまりその作品一作だけが面白いということも普通にあるのです。一作だけでは小説家も戯曲家も才能があるかどうかは断定できないのです。

でも、詩はたった一作で分かります。詩人に才能があるかないかは、一作で見分けられると僕は思っているのです。

この考え方を谷川さんがどう言うかは分かりません。「そんなことないですよ。詩は誰にでも書けますよ」と言うかもしれません。

誰でも歌は歌えます。

でも、ミュージカルだと、全員がソロを歌える生まれついての歌手だと逆に困ります。コーラスを見事に歌ってくれる人も必要です。それは努力で歌手になった人達です。小学校の時、僕は合唱チームに入っていましたから、みんなで歌う楽しさを知っています。でも、それとソロで歌う人は違います。

詩を書く人と詩人も違うと思っています。詩を愛する人と、詩に愛された人の違いです。はっきりしていることは、僕は詩人に生まれなかったということです。

だから、詩人を尊敬するのです。

そして、詩人になれなくても、詩を愛することはできると思うのです。大人になって合唱団に入団するように、詩を書き始めることもできるだろうと思うのです。

谷川さんの詩「一行」は、こんな言葉で始まります。

「詩の一行は頼りなげです

他の行と別れてぽつんと紙上に立っています
もうぼくは詩じゃない　と思うと
どこかへ姿をくらましたくなるのです」

それからこんな言葉。

「『詩』はみんなにかまってもらえるのですが
一行は誰もかまってくれません」

でも、僕は谷川さんの詩の一行にハッとすることがあります。
「夜のラジオ」という作品の最後の一行はこんな文章です。

「生きることを物語に要約してしまうことに逆らって」

一行の中に、なんと豊かなイメージと感情と意味が込められていることか。

二行に増やすと、今回紹介できなかった詩の中にたくさんあります。
「いつか土に帰るまでの一日」の中の二行。

「詩は言葉を超えることはできない
言葉を超えることのできるのは人間だけ」

「愛が消える」の中の二行。

「あいつのせいにしていると
私はあいつに閉じこめられる」

「空」の中の二行。

「さびしさは甘えじゃない
さびしさはふたりで生きている証《あか》し」

「anonym 4」の中の二行。

「沈黙の中身は
すべて言葉」

まだまだあります。でも、もうこれぐらいにしておかないと、詩に怒られるでしょう。

一行とか二行取り出すのは、なんとも詩に失礼です。

でも、ある程度の長さがなくても、詩はあるんだと僕は思っています。

それは、あなたの生活の中にもあると思っているのです。

谷川さんの詩を味わうことで、あなたの生活の中にある詩に気付くようになったら素敵だと思います。

谷川さんの言葉なら「新しい詩ならいつだって　きみのまわりに漂ってるよ」ということです。

「きみは毎朝毎晩死んでいいんだ
新しい詩をみつけるために
むしろ新しい詩にみつけてもらうために」

おわりに

さて、これでおしまいです。

あなたの症状にあった詩は見つかりましたか？

詩は漢方薬みたいなもので、毎日根気強く服用するとじわじわと効果が現れるものかもしれません。

また、街中にひっそりと生えている漢方薬の素材を見つけることもできるかもしれません。そうすると、自分で自分のクスリを作ることができます。民間療法ですが、あなたが自分の体のことをよく分かれば、決して、ムダにならないと思います。

それでは、定期的な服用をお勧めします。

どうかお大事に。

出典一覧

・さみしくてたまらなくなったら

「ひとりひとり」（『すき』理論社 2006）

「すてきなひとりぼっち」（『歌の本』講談社 2006）

「うしろすがた」（『恐竜がいた』絵・下田昌克 スイッチ・パブリッシング 2016）

「朝のリレー」（『谷川俊太郎詩集 続』思潮社 1979）

「泣けばいい」（『そのほかに』集英社 1979）

「何故だかしらない」（『日本語のおけいこ』理論社 1965）

「二十億光年の孤独」（『谷川俊太郎詩選集1』所収『二十億光年の孤独』創元社 1952）

「生きるうた」（『谷川俊太郎詩選集2』所収『由利の歌』すばる書房 1977）

「なんにもない」（『空に小鳥がいなくなった日』サンリオ 1974）

「みみをすます」（『みみをすます』福音館書店 1982）

・毎日、しかめっつらだけになったら

「うんこ」（『どきん』理論社 1983）

「おしっこ」（『シャガールと木の葉』集英社 2005）

「おならうた」（『わらべうた』集英社 1981）

「男の子のマーチ」（『あなたに』東京創元社 1960）

「なんでもおまんこ」（『夜のミッキー・マウス』新潮社 2006）
「がっこう」（『はだか』筑摩書房 1988）
「歌っていいですか」（『すき』理論社 2006）
「冬に」（『角川文庫　谷川俊太郎詩集』角川書店 1968）
「わかんない」（『わらべうた』集英社 1981）
「彼女を代弁すると」（『こころ』朝日新聞出版 2013）
「絶望」（『こころ』朝日新聞出版 2013）

• 愛されなかったら
「夢」（『私の胸は小さすぎる』角川学芸出版 2010）
「後悔 五つの感情・その一」（『私の胸は小さすぎる』角川学芸出版 2010）
「あなたをしりたいんじゃない」（『ぼくは ぼく』所収『今ここに生きる子ども』岩波書店 1997）
「接吻」（『あなたに』東京創元社 1960）
「泣く」（『私の胸は小さすぎる』角川学芸出版 2010）
「きみ」（『はだか』筑摩書房 1988）

• 愛されたら
「あの人が来て」（『夜のミッキー・マウス』新潮社 2006）
「地球へのピクニック」（『愛について』港の人 2003）
「あげます」（『すてきなひとりぼっち』所収『谷川俊太郎詩集 日本の詩人17』河出書房 1968）
「読唇術」（『そのほかに』集英社 1979）

「指先」（『女に』マガジンハウス　1991）
「昼」（『女に』マガジンハウス　1991）
「……」（『女に』マガジンハウス　1991）
「ここ」（『女に』マガジンハウス　1991）
「願い」（『シャガールと木の葉』集英社　2005）
「魂のいちばんおいしいところ」（『魂のいちばんおいしいところ』サンリオ　1990）

•大切な人をなくしたら
「死」（『落首九十九』朝日新聞社　1964）
「コーダ」（『モーツァルトを聴く人』小学館　1995）
「そのあと」（『悼む詩』東洋出版　2014）
「見舞い」（『詩の本』集英社　2009）
「いなくならない」（『悼む詩』東洋出版　2014）
「声とどいていますか？」（『悼む詩』東洋出版　2014）
「あの日」（『こころ』朝日新聞出版　2013）
「おまえが死んだあとで」（『プロテストソング』旬報社　2018）

•家族に疲れたら
「夫婦」（『歌の本』講談社　2006）
「別れてもいいんだ」（『プロテストソング』旬報社　2018）
「不機嫌な妻」（『夜のミッキー・マウス』新潮社　2006）

「ママ」(『夜のミッキー・マウス』新潮社 2006)
「父の唄」(『うつむく青年』サンリオ 1989)
「おおきくなる」(『子どもの肖像』紀伊國屋書店 1993)
「わるくちうた」(『わらべうた』集英社 1981)
「大人の時間」(『落首九十九』朝日新聞社 1964)
「あかんぼがいる」(『真っ白でいるよりも』集英社 1995)

• 戦争なんて起こってほしくないと思ったら
「せんそうしない」(『せんそうしない』絵・江頭路子 講談社 2015)
「殺す」(『プロテストソング』旬報社 2018)
「平和」(『うつむく青年』サンリオ 1989)
「日本よ」(『詩の本』集英社 2009)
「兵士の告白」(『角川文庫 谷川俊太郎詩集』角川文庫 1968)
「くり返す」(『角川文庫 谷川俊太郎詩集』角川文庫 1968)
「大小」(『落首九十九』朝日新聞社 1964)
「死んだ男の残したものは」(『谷川俊太郎詩集 続』思潮社 1979)
「泣声」(『詩の本』集英社 2009)

• 歳を重ねることが悲しくなったら
「できたら」(『詩の本』集英社 2009)
「しぬまえにおじいさんのいったこと」(『みんなやわらかい』大日本図書 1999)

「脚」(『詩の本』集英社 2009)
「ただ生きる」(『詩の本』集英社 2009)
「そして」(『minimal』思潮社 2002)
「木を植える」(『詩の本』集英社 2009)
「私」(『私』思潮社 2007)

・ことばと仲良くなりたいなら
「もし言葉が」(『あなたに』東京創元社 1960)
「牧歌」(『愛について』港の人 2003)
「けんかならこい」(『日本語のおけいこ』理論社 1965)
「ことば」(『谷川俊太郎詩集 続』思潮社 1979)
「木」(『うつむく青年』サンリオ 1989)
「いるか」(『ことばあそびうた』福音館書店 1973)
「わたし」(『ことばあそびうた また』福音館書店 1981)
「たね」(『ことばあそびうた また』福音館書店 1981)
「分からない」(『こころ』朝日新聞出版 2013)

・おっぱいが好きなら
(『mammaまんま』徳間書店 2011)

・生きるパワーが欲しくなったら

「生まれたよ ぼく」(『子どもたちの遺言』佼成出版社 2009)
「しあわせ」(『子どもの肖像』紀伊國屋書店 1993)
「ありがとう」(『子どもたちの遺言』佼成出版社 2009)
「おべんとうの歌」(『うつむく青年』サンリオ 1989)
「ぼく」(『子どもの肖像』紀伊國屋書店 1993)
「渇き」(『角川文庫 谷川俊太郎詩集』角川書店 1968)
「生きる」(『うつむく青年』サンリオ 1989)
「26」(『62のソネット+36』集英社 2009)
「鳥羽 1」(『旅』思潮社 1995)
「しんでくれた」(『ぼくは ぼく』童話屋 2013)

・詩が好きになったら
「詩の擁護又は何故小説はつまらないか」(『私』思潮社 2007)
「あとがき」(『ミライノコドモ』岩波書店 2013)
「理想的な詩の初歩的な説明」(『世間知ラズ』思潮社 1993)
「問いに答えて」(『こころ』朝日新聞出版 2013)
「詩を贈ることについて」(『詩を贈ろうとすることは』集英社 1991)
「新しい詩」(『詩の本』集英社 2009)
「お茶」(『詩の本』集英社 2009)

*ルビは原則として底本にならいました
*新仮名遣い・新字体にしています

谷川俊太郎（たにかわ・しゅんたろう）

一九三一年東京生まれ。詩人。一九五二年詩集『二十億光年の孤独』でデビュー、そのみずみずしい感性が高い評価を得る。詩作のほか、翻訳、脚本、絵本、作詞などさまざまな分野で活躍。一九七五年訳詩集『マザー・グースのうた』で日本翻訳文化賞、詩集『日々の地図』で第三四回読売文学賞を受賞、『シャガールと木の葉』『谷川俊太郎詩選集1〜3』で第四七回毎日芸術賞を受賞。近著に『となりの谷川俊太郎』（ポエムピース）、『にほんの詩集　谷川俊太郎』（角川春樹事務所）、『幸せについて』（ナナロク社）など。

鴻上尚史（こうかみ・しょうじ）

一九五八年愛媛県生まれ。作家・演出家。早稲田大学在学中に劇団「第三舞台」を結成、以降、作・演出を手掛ける。舞台公演のかたわら、映画監督、ラジオパーソナリティ、小説家、エッセイストなど幅広く活動中。一九八七年「朝日のような夕日をつれて」で紀伊國屋演劇賞、一九九二年「天使は瞳を閉じて」でゴールデン・アロー賞、一九九四年「スナフキンの手紙」で第三九回岸田國士戯曲賞、二〇〇九年「グローブ・ジャングル」で読売文学賞戯曲賞を受賞する。近著に『鴻上尚史のほがらか人生相談』シリーズ（朝日新聞出版）、『人間ってなんだ』（講談社＋α新書）、『緊張しない・あがらない方法 リラックスのレッスン』（だいわ文庫）など。

本作品は小社より２０１８年９月に刊行されました。

谷川俊太郎（たにかわ・しゅんたろう）
1931年東京生まれ。詩人。1952年詩集『二十億光年の孤独』でデビュー。そのみずみずしい感性が高い評価を得る。詩作のほか、翻訳、脚本、絵本、作詞などさまざまな分野で活躍。『日々の地図』で第34回読売文学賞、『シャガールと木の葉』『谷川俊太郎詩選集1～3』で第47回毎日芸術賞を受賞。近著に『となりの谷川俊太郎』（ポエムピース）、『幸せについて』（ナナロク社）など。

鴻上尚史（こうかみ・しょうじ）
1958年愛媛県生まれ。作家・演出家。早稲田大学在学中に劇団「第三舞台」を結成、以降、作・演出を手掛ける。舞台公演のかたわら、映画監督、小説家、エッセイストなど幅広く活動中。「朝日のような夕日をつれて」で第22回紀伊國屋演劇賞、「スナフキンの手紙」で第39回岸田國士戯曲賞を受賞。近著に『鴻上尚史のほがらか人生相談』シリーズ（朝日新聞出版）、『緊張しない・あがらない方法』（だいわ文庫）など。

だいわ文庫

そんなとき隣《となり》に詩《し》がいます
鴻上尚史《こうかみしょうじ》が選《えら》ぶ谷川俊太郎《たにかわしゅんたろう》の詩《し》

著者　谷川俊太郎《たにかわしゅんたろう》
　　　鴻上尚史《こうかみしょうじ》

二〇二二年一〇月一五日第一刷発行
二〇二四年一二月二〇日第三刷発行

発行者　佐藤 靖
発行所　大和書房《だいわしょぼう》
東京都文京区関口一－三三－四 〒一一二－〇〇一四
電話 〇三－三二〇三－四五一一

フォーマットデザイン　鈴木成一デザイン室
本文デザイン　鈴木成一デザイン室
本文印刷　歩プロセス
カバー印刷　山一印刷
製本　小泉製本

ISBN978-4-479-32032-6
乱丁本・落丁本はお取り替えいたします。
https://www.daiwashobo.co.jp